Hugo Lobeck

Beton-Blues

Freddie Nietschs zweiter Fall

LUPUS

Für meine Familie und meine Freunde, die mich beim Schreiben dieses Buches unterstützt haben: Suscha, Dagmar, Inci, Bernd, Sönke, Susanne und Karl.

1

Der spektakuläre Abschluss des Falles Betzberg hatte viel Staub aufgewirbelt. Deshalb war ich kaum dazu gekommen, mich von den Strapazen meines ersten Auftrags zu erholen, der mich auf Anhieb in die Schlagzeilen gebracht und als Detektiv stadtbekannt gemacht hatte. Wohl auch begünstigt durch das Sommerloch, ließ die Presse nicht locker und schlachtete die Ereignisse um den Tod des Drogen-Mädchens Guinevere bis zum letzten Blutstropfen aus. Man konnte fast sagen, die Kleine wurde täglich aufs Neue umgebracht. Die Bunker-Touren von Herrn Urschanabi verzeichneten eine Rekord-Nachfrage und für meine Agentur, die „Quaestoria", bedeutete der ganze Rummel eine Mega-Publicity. So wunderte es mich nicht, dass ich mit Anfragen von Klienten überschüttet wurde, worüber ich mich natürlich sehr freute, nachdem ich so lange auf meinen ersten Auftrag hatte warten müssen. Nun brauchte ich dringend eine Mitarbeiterin, die sich ums Telefon, die Termine und den anfallenden Papierkrieg kümmerte. Mittlerweile hatte der Frühling seinen Höhepunkt schon überschritten und der Sommer stand vor der Tür. Und da das Wetter gut war und ich, trotz aller Begeisterung für meinen Job, auch manchmal gerne faulenze, hatte ich nicht viel Lust zur Arbeit.

Es war Montag, der 8. Juni. Vormittags hatte ich in der Innenstadt zu tun und war auf dem Rückweg nach Altona. Schon auf der Rolltreppe, die von den S-Bahnsteigen im Untergeschoss nach oben führte, hörte ich die blecherne Stimme eines Megaphons. Oben angekommen steckte ich dann in der Menge fest, es ging nur im Schneckentempo vorwärts. Ich ärgerte mich, dass ich keinen anderen

Ausgang genommen hatte, denn eigentlich kannte ich die Situation bereits aus mehrfacher Erfahrung. Draußen auf dem kleinen Platz vor dem Mercado tobte das Leben. Fast täglich gab es Demonstrationen und Aktionen für den Erhalt des Bahnhofs. Zwar war es noch nicht, wie in Stuttgart, zu gewalttätigen Protesten gekommen, aber trotzdem parkten mehrere Mannschaftswagen der Polizei aufreizend auffällig gleich um die Ecke. Der Bahnhof Altona, ein hässlicher Siebzigerjahre-Betonbau, ist nicht gerade eine architektonische Glanzleistung und erfordert keinen Denkmalschutz, aber der Plan, das Gebäude vollständig abzureißen und den Bahnhof drei Kilometer weiter an den Diebsteich zu verlegen, traf im Stadtteil auf wenig Gegenliebe, sowohl bei den Geschäftsleuten, die um ihren Standortvorteil fürchteten, als auch bei den Bürgern, die sich voller Sorge fragten, wie ein solch gigantisches Bauprojekt ihr Viertel verändern wird. Altona ohne Bahnhof ist wie Fisch ohne Fahrrad.
Ich ließ mich von der trägen Menge in Richtung der Ottenser Hauptstraße spülen und war froh, als ich die aufgeheizte Stimmung rund um den Bahnhof hinter mir gelassen und den kleinen Platz erreicht hatte, an dem mein Büro liegt. Statt mich sofort an die Arbeit zu machen, setzte ich mich noch auf einen Cappuccino vor dem Café „El Rojito“ in die Sonne.
Hier war die Stimmung entspannter. Die Leute flanierten freundlich und gut gelaunt auf der Piazza. Vor der Eisliebe auf der anderen Straßenseite hatte sich eine lange Schlange gebildet. Der Mittag plätscherte recht angenehm dahin. Ich bestellte einen Fairtrade-Cappuccino und aß ein leckeres Focaccia mit Schinken, Rucola und Dijon-Senf. Für den frühen Abend hatte ich noch einen Termin wegen eines Auftrags bei Dehmel & Brüll, einer großen Immobilienfirma unten am Elbufer. Von meinem Platz aus

konnte ich nicht nur das bunte Treiben auf der kleinen Piazza genießen, sondern hatte auch den Eingang meines Büros im Blick.
Unter all den Leuten, die den Platz bevölkerten, war mir eine junge Frau durch ihre Unentschlossenheit aufgefallen. Von weitem sah sie ziemlich gut aus. Sie trug Jeans und T-Shirt und hatte eine dichte Mähne kastanienbrauner Haare, die in widerspenstigen Locken auf ihre Schultern fielen. Nervös drehte sie mehrere Runden, bis sie sich schließlich doch dazu durchrang, die Straße zu überqueren und – das war dann die Überraschung – an meiner verschlossenen Bürotür zu rütteln.
Ich verschluckte mich an meinem Cappuccino und winkte ihr hustend und prustend zu, um auf mich aufmerksam zu machen. Das war sozusagen ein Selbstgänger, denn nicht nur die junge Schöne, sondern so ziemlich jeder in der näheren Umgebung nahm Anteil an meinem Malheur. Während mir mein Sitznachbar auf den Rücken klopfte wie ein Metzger aufs abgehangene Steak und ich mir die Lunge in Fetzen aus dem Hals hustete und wild mit den Armen ruderte, hatte meine Besucherin bemerkt, dass sie das Ziel meiner verunglückten Bemühungen zur Kontaktaufnahme war. Sie kam über die Straße und sah mich fragend an.
„Sie … jhääch wollen … jähhääch zu … ähä mir?“, stieß ich mühsam nach Luft japsend hervor. Meine Anstrengungen, zu Atem zu kommen, wurden übrigens auch dadurch konterkariert, dass sie aus der Nähe noch besser aussah als von fern.
„Nein“, sagte sie und lächelte, „ich will zur „Quaestoria“, der Detektivagentur, hier nebenan, aber die scheint geschlossen zu sein.“
„Die Agentur ist nicht geschlossen“, widersprach ich, meiner Stimme allmählich wieder etwas sicherer. „Ich bin

der Detektiv, den Sie suchen! Ich mache hier eine kleine Mittagspause."

„Oh", sagte sie, mit sehr langem „o", „Sie sind Freddie Nietsch!"

Das hörte sich etwa so an wie: „Sie hatte ich mir aber etwas anders vorgestellt", oder vielleicht sogar „So ein Trottel kann doch unmöglich der von der Presse hoch gelobte Freddie Nietsch sein!"

„Mögen Sie auch einen?", fragte ich.

„Einen was?", fragte sie zurück.

„Einen Cappuccino, ich lade Sie ein."

Sie setzte sich neben mich auf die Bank, strich die braunen Locken aus dem Gesicht und blinzelte in die Sonne.

„Gerne, vielen Dank. Ich hätte wohl besser vorher anrufen sollen?"

Ich bestellte durchs Fenster mittels Handzeichen bei Carlotta, der südamerikanischen Kellnerin.

„Das ist der übliche Weg, ich habe nur selten Laufkundschaft. Aber nun, da Sie schon mal hier sind. Was kann ich denn für Sie tun?"

Sie lächelte ein wenig unsicher und sprach dann leise. „Mein Name ist Celine Schattelein. Ich vermisse meinen Freund."

„Wie heißen Sie?", fragte ich nach, denn ich glaubte, ich hätte mich verhört.

„Celine Schattelein", wiederholte sie. „Was ist daran so ungewöhnlich?"

„Das ist ja kurios!" Ich musste lachen. „Haben Sie mal von Hélène Chatelain gehört?"

Celine dachte einen Moment nach und schaute mich etwas irritiert an. „Nein, nicht dass ich wüsste", antwortete sie dann, „sollte ich die kennen?"

„Nein, nein", sagte ich, „aber es hätte ja sein können."

„Und wer war diese Hélène?"

„Hélène Chatelain war die Sekretärin Nestor Burmas, eines berühmten französischen Detektivs, der in den Vierziger- und Fünfzigerjahren in Paris gearbeitet hat."
„Tut mir leid, nie gehört. Ich habe zwar einen französischen Vornamen, aber ich stamme aus Wustrow an der Ostsee, Mecklenburg-Vorpommern. Damals, zu DDR-Zeiten, waren West-Vornamen wie „Cindy", „Mandy", oder eben „Celine" sehr beliebt."
„Ich weiß. Wustrow, liegt das nicht auf dem Darß?"
„Nein, auf Fischland. Eine sehr schöne Gegend, aber leider musste ich dort weg. Es gab für mich keine Arbeit. Außer im Tourismus ist dort wenig zu machen."
„Aber ich hatte Sie unterbrochen. Sie sagten, Sie vermissen Ihren Freund?"
Celine nickte. „Seit vorletztem Freitag kann ich ihn nicht mehr erreichen, weder geht er ans Telefon noch öffnet er seine Tür. Ich war auch schon bei der Polizei, um eine Vermisstenanzeige aufzugeben, aber die haben mich nicht ernst genommen. Spartakus, so heißt mein Freund, sei ein erwachsener Mann, hat der Beamte gesagt, und es sei noch zu früh für eine Anzeige. Wahrscheinlich würde er bald wieder auftauchen, das würden ihre Statistiken belegen. Auch sein Freund Crix meint, ich solle mir keine Sorgen machen. Aber jetzt habe ich schon das zweite Wochenende nichts von ihm gehört. Da stimmt was nicht."
Während Celine Schattelein erzählte, lief einer der Punks, die jeden Tag vor dem „Mercado" sitzen, Bier trinken und betteln, begleitet von drei großen Mischlingshunden vorbei. Einer der Köter deponierte eine üble Tretmine direkt vor unseren Füßen mitten auf dem schmalen Gehsteig vor dem Café. Der Typ grinste wohlwollend und war anscheinend der Meinung, dass sein Hund einen Kontrapunkt wider den kleinbürgerlich spießigen Sauberkeitswahn

gesetzt hatte. Er ging weiter, ohne sich um die Hinterlassenschaft seines Haustiers zu kümmern.
„Ey Alter", rief ich ihm nach, „nimm gefälligst den Scheißhaufen mit!"
Der Typ zeigte den Stinkefinger, ohne sich dabei umzudrehen. „Anarchie, schön wie nie. Freier Schiss für freie Hunde", rief er und ging einfach weiter.
Das Leben in der Großstadt hatte – im wahrsten Sinne des Wortes – auch seine beschissenen Seiten.
Carlotta brachte die bestellten Cappuccini mit zwei Gläsern Leitungswasser und Amarettini und machte sich dann mit einer Schaufel daran, den ekligen Haufen des Köters zu beseitigen.
Ich schüttelte den Kopf. „Was macht Ihr Freund beruflich, womit verdient er sein Geld?"
Celine nippte an ihrer Tasse, wobei ein kleiner weißer Milchschaumbart auf ihrer Oberlippe zurückblieb. „Spartakus ist Aktionskünstler. Er lebt und arbeitet mit vielen anderen im „Frappant", auf der anderen Seite des Bahnhofs."
„Das kenne ich, in der Großen Bergstraße. Seitdem Karstadt und die anderen Geschäfte da raus sind, haben Künstler das Gebäude übernommen. Ich war dort neulich bei einer Vernissage. Ein Freund von mir hatte seine Bilder im ‚Kunstnah' ausgestellt."
Sie nickte. „Das ist die kommunale Galerie im Erdgeschoss. Spartakus hat einen befristeten Mietvertrag für Räume im dritten Stock. Bis ein Investor gefunden wird, kann er dort wohnen und arbeiten." Sie wischte das Milchbärtchen mit der Fingerspitze ab.
„Na ja, Künstler sind nicht gerade für ein solides, zuverlässiges Leben bekannt. Haben Sie denn irgendeine Vermutung, was hinter seinem Verschwinden stecken könnte?"

Sie blickte einer der vielen jungen Ottenser Mütter hinterher, die mit einem Kinderwagen an uns vorbeischoben. Nach einigem Zögern antwortete sie: „Ich weiß nicht. Spartakus war in letzter Zeit sehr angespannt. Er sagte, er arbeite an einer großen Sache, die sehr viel Staub aufwirbeln würde. Worum es dabei im Einzelnen ging, weiß ich nicht. Er hat nie vorher über seine Projekte gesprochen. Allerdings hat er oft mit seinem Freund Crix zusammengearbeitet."

„Und was denken Sie, kann ich tun?"

„Finden Sie Spartakus! Ich habe ein ganz schlechtes Gefühl. Wir waren am letzten Wochenende verabredet, ich kann mir nicht vorstellen, dass er mich einfach versetzt und sich tagelang nicht meldet. Da muss etwas Ernstes geschehen sein." Celine Schattelein stiegen Tränen in die dunklen Augen. Auch ich konnte mir nicht gut vorstellen, dass jemand diese Frau so sang- und klanglos sitzen ließ. Vielleicht hätte ich mich trotzdem nicht so ohne Weiteres auf die Geschichte eingelassen, wenn es nicht diese erstaunliche Namensähnlichkeit mit der Sekretärin Nestor Burmas gegeben hätte. So aber sagte ich: „Okay, wo könnte ich ansetzen? Haben Sie einen Schlüssel für sein Atelier? Vielleicht gibt es dort einen Hinweis?"

„Nein. Spartakus ist in der Beziehung ziemlich empfindlich. Jeder von uns hat seinen eigenen Bereich, in den er sich zurückziehen kann. Wir haben nie Schlüssel ausgetauscht. Sonst hätte ich selbst schon in seinem Atelier nachgesehen, ob dort alles in Ordnung ist."

„Dann gehen wir jetzt mal in die Große Bergstraße und sehen uns dort um."

Ich gab Carlotta durch die Scheibe Handzeichen, alles auf meine Rechnung zu setzen, dann machten wir uns auf den Weg. Am Bahnhof war das Gedränge noch heftiger geworden. Noch immer schepperten die Megaphone laut

über den Platz. Die Aktivisten gaben sich alle Mühe, die Menge aufzupeitschen. „Kein Stuttgart 21 in Hamburg", schallte es herüber, „Nieder mit den Spekulanten!"
„Ich glaube, es ist besser, wir machen einen Bogen um den Bahnhof", schlug ich vor. „Wer weiß, wie sich die Gemengelage dort entwickelt."
Für eine Weile schwiegen wir beide. Dann ergriff Celine das Wort: „Da gibt es noch etwas, was ich Ihnen lieber gleich sage. Ich bin zur Zeit arbeitslos. Wir haben noch gar nicht über Ihr Honorar gesprochen. Ich weiß nicht einmal, ob ich mir Ihren Einsatz überhaupt leisten kann. Vielleicht sollten wir das vorher klären."
„Was haben Sie denn beruflich so gemacht?"
„Ich habe Kommunikationsdesign studiert, aber leider ist der Markt für Grafiker zurzeit mausetot. Zwei Praktika habe ich schon hinter mir. Meistens jobbe ich als Kellnerin oder als Aushilfe im Büro, um mich einigermaßen über Wasser zu halten."
„Über Geld reden wir später", sagte ich. „Lassen Sie uns erst einen Blick ins Atelier Ihres Freundes werfen. Heißt er wirklich Spartakus oder ist das sein Künstlername?"
„Nein, nein", sagte Celine, „das ist sein echter Name. Seine Eltern sind Altachtundsechziger und waren damals an der Uni in der linken Szene sehr aktiv als Mitglieder des MSB Spartakus. Deshalb haben sie ihn so genannt."
„Ach du meine Güte, Spartakisten, die alten Kämpfer für die proletarische Revolution. Man kann sich heute gar nicht mehr vorstellen, dass es die mal gegeben hat."
Schon als ich studierte, waren die Linken an den Unis kaum mehr von Bedeutung gewesen. Aber in den Siebzigerjahren hatten sie sehr großen Einfluss in der Studentenbewegung, verloren dann aber schnell an Bedeutung und verschwanden schließlich ganz aus der Öffentlichkeit. Sie waren sogar von der DDR finanziell

unterstützt worden. Ich fragte mich, ob es sie noch immer gab.

„Seine Schwester heißt übrigens Rosa."

Wir waren inzwischen schon an der Ecke beim „Hafenklang" angekommen.

„Nach Rosa Luxemburg", sagte ich. „Spartakus und Rosa, die beiden Helden der Linken, die gewaltsam zu Tode gekommen sind!"

„Oh Gott!" Celine wurde blass. „Meinen Sie, er ist…..?" Sie ließ die Frage unvollendet.

„Aber nein." Ich bereute meine unbedachte Äußerung und wollte sie beruhigen. „So wie Sie ihn beschrieben haben, ist er wahrscheinlich wirklich so intensiv mit seinem Projekt beschäftigt, dass er darüber Zeit und Raum vergessen hat."

Mittlerweile waren wir vor dem mit Graffiti verzierten und wild plakatierten ehemaligen „Frappant" angekommen. Das Einkaufszentrum in der Großen Bergstraße, erst in den frühen Siebzigerjahren gebaut, war eine ziemlich hässliche, abgewrackte Betonburg. Die großen Geschäfte waren auf die andere Seite des Bahnhofs, nach Ottensen, gezogen und hatten die verwahrlosten Gebäude Künstlern zur freien Nutzung überlassen. Der Abriss war allerdings nur noch eine Frage der Zeit.

„Hoffentlich haben Sie recht", antwortete Celine mit deutlichem Zweifel in der Stimme.

„Wie kommen wir jetzt hier rein?" Ich rüttelte an der verschlossenen Eingangstür zum Treppenhaus.

„Warten Sie", sagte Celine, „ich kenne hier fast jeden." Sie drückte einen Klingelknopf, kurze Zeit später tönte der Summer und die Tür sprang auf.

Wir wurden von dem schmuddeligen Treppenhaus geradezu aufgesogen, so zugig war es. Ich vertraute mich der Führung Celines an, die zielstrebig die Treppen hinauf-

stieg, bis wir im dritten Stock angelangt waren. Dann ging es über einen langen Gang zu einer Glastür, die auf eine Außengalerie führte. Die Atmosphäre im Treppenhaus war nicht gerade anheimelnd. Das Drahtglas der Galerietür war eingeschlagen und hing schlaff wie ein Sack im Rahmen. Alles atmete Verfall. Draußen auf der Galerie war es kühl und windig, deutlich kälter, als es der sonnige Tag vermuten ließ. Wie oft bei Hochhäusern entwickelte sich eine ganz eigene Thermik. Schließlich standen wir vor Spartakus Tür. Mit blutroter Farbe war in groben Lettern der Name „Spartakus Schlenz" auf die Tür gepinselt. Von den beiden Versalien waren Tropfen nach unten gelaufen. Wahrscheinlich war der Pinsel für jedes der zwei Worte tief in die Farbe getaucht worden und hatte sich vollgesogen. Celine klingelte Sturm, aber nichts rührte sich. Sie schaute mich fragend an.
Ich zuckte die Achseln. „Na gut, dann wollen wir mal Sesam öffne dich spielen." Ich zückte meinen speziellen Türöffner aus meinem Lieblingsladen Spy & Spy, wo es von A wie Abhörgerät bis Z wie Zentrifuge alles für den professionellen Detektiv oder Agenten zu kaufen gibt.
„Sie sind sicher, dass es in Ordnung ist, Ihrem Freund einen Besuch abzustatten? Nicht, dass er uns wegen Einbruchs anzeigt?" Die Frage war eher rhetorisch gestellt, denn noch während Celine nickte, steckte der Dietrich bereits im Schloss und fing wie von alleine mit der Arbeit an. Knapp dreißig Sekunden später sprang die Tür auf.

2

„Herr Schlenz“, rief ich vorsichtshalber in den halbdunklen Flur, „Herr Schlenz, sind Sie zu Hause?“ Immerhin bestand ja auch die Möglichkeit, dass der Künstler gerade eine andere Muse küsste, während ich unbedacht seiner Freundin Zutritt zu seiner Wohnung verschaffte und diese im nächsten Moment zu einer eifersüchtigen Furie mutierte. Aber die Pestilenz, die uns entgegenschlug, sprach eindeutig eine andere Sprache. Noch nie hatte ich einen solchen Gestank whrgenommen. Schlagartig brach mir der Schweiß aus. Wir fingen beide an zu würgen und traten ein paar Schritte zurück.
Ich brauchte einen Moment, bis ich wieder frei atmen konnte. „Oh Gott! Das ist ja ekelhaft“, stöhnte ich und sagte zu Celine gewandt: „Sie bleiben hier draußen, während ich mich drinnen kurz umsehe.“ Zwar wusste ich nicht, was dermaßen übel stinkt, aber ich ahnte Schlimmes und wollte sie lieber davon fernhalten. Ich atmete noch einmal tief ein, hielt dann die Luft an und kniff mir mit Daumen und Zeigefinger die Nase zu. So betrat ich die Wohnung. Mit wenigen schnellen Schritten erreichte ich eine offen stehende Tür, die in einen größeren Atelierraum führte, und dort lag er dann auch! Ich nahm an, dass es sich um Spartakus handelte. Der Mann schien schon seit geraumer Zeit tot zu sein und sah gar nicht mehr gut aus. Die Verwesung war aufgrund des warmen Wetters schon weit fortgeschritten und hatte bereits deutliche Spuren auf der Leiche hinterlassen. Es sah so aus, als sei der Mann mit einem harten Gegenstand erschlagen worden, sein Schädel war übel zerschmettert. Schwärme von Fliegen hatten sich an der Leiche und dem geronnenen Blut fett

gefressen und summten aufgeregt um ihr Festmahl herum, als wollten sie den gedeckten Tisch gegen Eindringlinge verteidigen. So hatte sich der Name Spartakus doch als unglückliche Wahl erwiesen. Blieb zu hoffen, dass seine Schwester Rosa mehr Glück hatte!

Ich drehte um und wankte an die frische Luft. Bleich wie eine wandelnde Leiche stürzte ich an Celine vorbei und übergab mich nach unten auf die Große Bergstraße. Postwendend schallte ein wildes Geschrei übelster Schimpfwörter nach oben. Das war mir dann doch sehr peinlich. Aber anstatt mich zu entschuldigen, trat ich von der Brüstung zurück, um unerkannt zu bleiben. Das war zwar nicht die feine englische Art, aber die Lage war heikel genug, um zusätzlichen Problemen aus dem Weg zu gehen.

Als ich mich einigermaßen erholt hatte, erzählte ich meiner Begleiterin von meinem Fund. Auch sie wurde kreidebleich, wollte dann aber sofort in die Wohnung stürzen. Ich ergriff ihren Arm und hielt sie zurück: „Gehen Sie nicht da rein! Nicht, dass Sie mir umfallen!"

„Aber ich muss wissen, ob er es ist!", rief sie und stampfte mit dem Fuß auf.

„Warten Sie, bis die Polizei und ein Arzt hier sind", versuchte ich noch mal sie aufzuhalten, aber Celine Schattelein war nicht nur eigensinnig, sondern auch härter im Nehmen, als ich dachte. Sie hatte sich losgerissen und war in die Wohnung gerannt. Vom Flur aus warf sie einen Blick in das Atelier, drehte dann sofort wieder um und kam Sekunden später ähnlich mitgenommen wie ich wieder herausgestürzt.

„Es ist Spartakus", sagte sie atemlos, „ich habe gewusst, dass etwas nicht stimmt!" Ihre Augen füllten sich mit Tränen. Sie rannte über die Galerie ins Treppenhaus. Dort setzte sie sich auf eine Stufe, versteckte ihr Gesicht in den

Armen und weinte hemmungslos. Ich war hinterhergelaufen und versuchte sie zu beruhigen.
„Schon okay“, sagte sie, „lassen Sie mich einfach einen Moment in Ruhe.“
Das nannte ich einen schnellen Erfolg. Celine hatte sich von mir gewünscht, ihren verlorenen Freund wiederzufinden, und voilà, da war er. Allerdings hätte ich ihn lieber in besserem Zustand abgeliefert.
Inzwischen hatte ich mich gefangen, hatte mein Handy gezückt und war wieder hinaus auf die Galerie gegangen, um meinen alten Freund Ariano Clepper vom Morddezernat anzurufen: „Ich habe hier Kundschaft für dich“, sagte ich außer Hörweite Celines, „ist nicht mehr ganz frisch, liegt schon eine Weile im eigenen Saft!“ Ich schilderte Ariano kurz, was wir gefunden hatten.
„Fasst nichts an, am besten, ihr bleibt draußen. Wir sind so schnell wie möglich da.“
„Ich hatte sowieso nicht vor, noch mal da reinzugehen. Mir ist schon schlecht!“
Ich kannte Ariano seit unserer gemeinsamen Schulzeit. Wir hatten lange zusammen Karate trainiert und waren so etwas wie „beste Freunde“ gewesen. Als das Schicksal uns dann aber dieselbe Frau lieben ließ, die ich ihm ausspannte, war es mit der Freundschaft vorbei. Heike und ich zogen zum Studieren nach Heidelberg und verloren Ariano aus den Augen. Später hat sie dann auch mich für einen anderen sitzen gelassen, worunter ich sehr lange gelitten habe. Ariano und ich haben uns dann überraschend bei meinem ersten Auftrag wieder getroffen. Er war genauso verblüfft, dass ich als Privatschnüffler unterwegs war, wie ich, dass es ihn zur Polizei verschlagen hatte.
Auch mir stand dieser Beruf nicht von Anfang an auf die Fahne geschrieben. Ich hatte Germanistik und Philosophie

in Heidelberg studiert und anschließend einen gut bezahlten Job als Redakteur. Mein Vater, ein pensionierter Oberstudienrat, träumte davon, dass sein Sohn es eines Tages zu geisteswissenschaftlicher Größe bringen würde, aber mir wurde das alles zu langweilig: ich wollte Abenteuer nicht nur aus zweiter Hand, aus Literatur oder Filmen, sondern hautnah und echt erleben.

Ich ging wieder in das zugige Treppenhaus zu Celine, die noch immer schluchzend auf der kalten Stufe saß. Dort warteten wir schweigend auf die Polizei.

Es dauerte nicht lange, bis Ariano und seine Leute mit großem Getöse und Blaulichtgewitter in die Fußgängerzone donnerten und ihre Flotte unten vor dem Eingang parkten. Schon von oben erkannte ich neben meinem Freund auch seine Kollegen Gatto, Kurry und Ketchup, die ich alle bei unserem gemeinsamen Einsatz um den Tod des Drogenmädchens Guinevere kennen und schätzen gelernt hatte. Ich winkte, um auf uns aufmerksam zu machen.

Minuten später wurde es richtig eng auf der Galerie.

„Ehrlich, Freddie", stöhnte Kurry. „Immer wenn du in der Nähe bist, stinkt es wie die Pest und es regnet Leichen!"

Ketchup verteilte Gasmasken an die Kollegen, die sich in die weißen Ganzkörperkondome zwängten und so ausgestattet die Wohnung betraten. Celine und ich blieben draußen. Kurze Zeit später kamen Ariano und Gatto wieder raus. „Während die Spurensicherung den Tatort untersucht, erzählt ihr mir, was ihr wisst", sagte Ariano.

Das hielt ich für eine gute Idee. „Warum gehen wir nicht runter ins Eiscafé gegenüber? Da lässt es sich besser reden als hier auf der zugigen Galerie. Außerdem könnte ich jetzt gut einen Kaffee gebrauchen, wenn möglich mit Cognac."

Wenig später saßen wir zu viert in der Sonne. Die beiden

Polizisten trugen noch die weißen Überzieher und wurden von den Passanten wie Aliens bestaunt. Eine große Gruppe Schaulustiger versuchte herauszufinden, was einen so großen Polizeieinsatz ausgelöst haben könnte. Am Nebentisch saß eine übergewichtige Mutter mit ihrem ebenfalls dicken Sohn. Beide kämpften mit gigantischen Eisbechern. Es war ein ungleicher Kampf, die Eisbecher hatten keine Chance zu gewinnen. Der Junge starrte uns an, während er immer wieder mit seinem Löffel über den Boden der Metallschale kratzte, wobei er ein unangenehmes, schabendes Geräusch wie Kreide auf der Schiefertafel erzeugte.

„Sie sind die Freundin des Toten?" Ariano musterte Celine. „Können Sie sich ausweisen?"

Sie nickte und reichte Gatto, der neben ihr saß, ihren Personalausweis, worauf dieser ihren Namen und ihre Adresse notierte: Celine Schattelein, Gerichtstraße 32, 22765 Hamburg.

„Ich habe mir Sorgen gemacht, weil ich schon seit mehr als einer Woche nichts von Spartakus gehört habe. Eigentlich sind wir am Wochenende meistens zusammen, aber seit vorletztem Freitag hat er sich nicht gemeldet. Natürlich habe ich immer wieder versucht, ihn zu erreichen, wollte sogar eine Vermisstenanzeige auf der Wache Mörkenstraße aufgeben, aber Ihre Kollegen haben mich wieder weggeschickt."

„Und so ist sie bei mir gelandet", hakte ich ein, „mit dem Auftrag, ihren Freund ausfindig zu machen."

„Das hast du ja geschafft", kommentierte Ariano trocken.

„Hey, dafür kann nichts. Ohne mich wäre die Leiche wahrscheinlich irgendwann mumifiziert."

„Erzählen Sie mir von Ihrem Freund", sagte Ariano. „Ich weiß, dass das jetzt schwer für Sie ist, aber vielleicht können Sie uns weiterhelfen. Haben Sie eine Idee, wer ihm

nach dem Leben getrachtet haben könnte?“
„Eigentlich nicht“, antwortete Celine mit stockender Stimme. „Sein Name ist Spartakus Schlenz. Er arbeitet … ich meine, er hat gearbeitet … als Aktionskünstler. Seine Kunst war immer sehr politisch.“ Sie versuchte, die Tränen in der Stimme zu ersticken, konnte aber nur mit Mühe weiterreden. „Dabei hat er sich natürlich nicht nur Freunde gemacht und ist auch des Öfteren mit der Polizei in Konflikt geraten. In seinen Aktionen ist er gegen Atomkraft, Korruption und Militarismus eingetreten.“
„Schlenz?“, sagte Gatto. „Hat der nicht den Rathausmarkt mit einer Wagenladung toter Elbfische gepflastert? Ich habe die Dokumentation dazu bei den Kurzfilmtagen gesehen.“
Celine nickte. „Dann kennen Sie wahrscheinlich auch den Marsch der lebenden Toten. Was hat das für eine Aufregung gegeben, als nach den Störfällen im AKW Krümmel vor zwei Jahren hundert weiß geschminkte und in weiße Leichentücher gewickelte Zombies wie zum Leben erwachte Mumien die Vattenfall-Zentrale in der City-Nord immer wieder schweigend umkreist haben. Das war bisher sein Meisterstück. Mein Gott, er war so ein toller Mann!“
Gatto nickte. „Die Kollegen hatten zuerst an einen Anschlag oder einen eskalierenden Konflikt geglaubt und alles in Alarmbereitschaft versetzt, was zwei Beine hatte. Aber die Aktion verlief total friedlich. Es gab nicht einmal Spruchbänder oder Geschrei. Einfach nur diese weißen Gestalten, die wortlos und stumm das Gebäude umkreisten, unheimlich war das.“
„Alle Achtung! Ich wusste nicht, dass du dich mit Aktionskunst so gut auskennst“, sagte Ariano zu seinem Kollegen. „Aber viel interessanter wäre es zu erfahren, woran Herr Schlenz gegenwärtig gearbeitet hat? Hat er

vielleicht irgendetwas erwähnt, was auf eine gewaltsame Auseinandersetzung hindeuten könnte?“

„Nicht, dass ich wüsste …“ Celine dachte einen Moment nach. „Er hat aus seinen Projekten immer ein großes Geheimnis gemacht, ständig in Sorge, dass zu früh etwas durchsickert. Manche Sachen funktionieren nicht mehr, wenn sie zu früh bekannt werden, dann fehlt das Überraschungsmoment. Allerdings hat er angedeutet, er sei diesmal einer hochbrisanten Sache auf der Spur. Ich weiß nur, dass er sich in letzter Zeit sehr für den Erhalt des Altonaer Bahnhofs engagiert hat.“ Sie sprach immer leiser.

„Hier in Altona ist zurzeit der Teufel los, wegen dieser Sache“, sagte ich.

Ariano nickte. „Ich weiß. Denkst du, ich lese keine Zeitung? Da werden wieder viele Kollegen Mengen von Überstunden machen müssen, um die Abrissbagger zu schützen. Hoffentlich wird das kein zweites Stuttgart 21.“

Kurry stand oben auf der Galerie und winkte herunter. Gleichzeitig klingelte Arianos Telefon. Ketchup rief an, um zu sagen, dass die sterblichen Überreste von Spartakus Schlenz eingetütet und abtransportiert worden waren, und dass man sich mittlerweile ohne umzufallen in der Wohnung aufhalten konnte. Also gingen wir alle wieder nach oben. Draußen auf der Galerie erwartete uns Kurry: „Warum müssen immer wir die stinkende Drecksarbeit machen, während ihr im Café sitzt?“, maulte er.

„Dafür gibt es eine ganz einfache Erklärung“, grinste Ariano. „Ich bin der Hauptkommissar und ihr die Obermeister.

„Was hältst du davon, mal zu lächeln, statt zu maulen?“ Ich schlug ihm freundschaftlich auf die Schulter.

„Weiß nicht? Was hältst du davon, mich am Arsch zu lecken?“, knurrte Kurry.

Die Stimmung in der Mordkommission war anscheinend

zurzeit ziemlich gereizt.
„Was ist bei euch los? Wieso seid ihr so schlecht drauf?"
„Erzähle ich dir später", sagte Ariano und wandte sich Celine zu. „Ist Ihnen nicht gut?" Er hatte gesehen, dass die junge Frau blass geworden war und sich mit einer Hand an der Brüstung der Galerie abstützte. „Warten Sie, ich rufe unseren Arzt."
„Nein, es es geht schon." Sie atmete tief durch. „Ich will nur nicht noch mal dort hinein." Die Tränen stiegen ihr wieder in die Augen.
„Das ist schon okay, Sie müssen nicht hier sein. Wir können Sie auch später befragen und Sie gehen jetzt erst einmal nach Hause."
„Wir können Sie auch nach Hause fahren, wenn Sie wollen", bot Gatto an.
"Das wäre sehr nett."
„Gute Idee." Ariano wandte sich an Kurry: „Übernimmst du das? Dann hast du auch mal einen netten Job!"
Kurry grummelte irgend etwas Unverständliches, wirkte aber doch recht zufrieden, den unangenehmen Tatort verlassen zu können, und zog mit Celine ab.
„Ich melde mich später bei Ihnen", rief ich ihr hinterher. Dann betraten wir das zwischenzeitlich zur Leichenhalle gewordene Atelier von Spartakus Schlenz. Zwar roch es immer noch ziemlich scharf, die Luft war inzwischen aber deutlich besser. Die Fenster standen weit offen, um eine Brise durch den Raum wehen zu lassen. Nur vereinzelte Fliegen hatten den Weg nach draußen noch nicht gefunden und surrten schwarz, fett und orientierungslos auf der Suche nach ihrem leckeren Happen durch den Raum. Mit weißer Kreide war der Umriss des Erschlagenen auf den Boden gemalt. Noch während die Leute von der KTU, der Spurensicherung, die Räume systematisch untersuchten, informierte uns Ketchup über die bisherigen Resultate.

„Es sieht so aus, als hätte das Opfer dem Täter selbst geöffnet, vielleicht kannte er ihn? Jedenfalls gibt es keine Einbruchspuren, mal abgesehen von den kleinen Kratzern am Schloss, die Freddie verursacht hat. Der Mann ist von hinten erschlagen worden, und zwar mit dieser Skulptur." Ketchup zeigte auf eine etwa 60 Zentimeter hohe Kopie der Venus von Milo aus gegossenem Kunststein, die in mehrere Teile zerbrochen und zerbröselt war, sodass rund um den Tatort Krümel, Marmorstaub und Bruchstücke herumlagen. Die Skulptur mochte in unversehrtem Zustand gut und gerne sechs Kilogramm gewogen haben. Der quadratische Fuß war blutverschmiert. „Wir nehmen an, der Täter hat die Venus am Kopf gepackt und wie einen Hammer herumgeschleudert. Das ist wahrscheinlich sehr schnell gegangen. Das Opfer hatte keine Chance, sich zu wehren, und war sofort tot."
„Fingerabdrücke?"
„Das ganze Atelier ist voll davon, aber auf der Tatwaffe ist natürlich nichts. Die ist abgewischt worden."
„Vielen Dank", sagte Ariano, „wissen wir schon, wann der Tod eingetreten ist?"
„Mit Sicherheit lässt sich das natürlich erst nach der Obduktion sagen, aber es sieht so aus, als sei der Mann seit vorletztem Freitag tot. Das ist zumindest die Schnelleinschätzung, die unser Pathologe aufgrund des Entwicklungsstadiums der Larven, die die Fliegen in die Wunde gelegt haben, gegeben hat", sagte Gatto. „ Aber du weißt, die Kollegen legen sich ohne eine gründliche Untersuchung nicht gerne fest. Durch das sommerlich warme Wetter in den letzten Tagen wurde der Verwesungsprozess beschleunigt."
„Das ist auch der Tag, seit dem Celine ihren Freund nicht mehr erreicht hat", sagte ich.
„Wurde etwas gestohlen?"

„Keine Ahnung." Gatto schüttelte den Kopf. „Auf den ersten Blick sieht es nicht so aus, als würde etwas fehlen." Er zeigte auf eine improvisierte Garderobe. An ein paar in die Wand geschlagenen Nägeln hing neben anderen Klamotten ein helles Leinenjackett. „Seine Brieftasche und das Handy steckten in dem Jackett. Viel Bargeld hatte er nicht dabei. Ansonsten siehst du ja selbst, wie unübersichtlich und voll es hier ist. Um herauszufinden, ob etwas fehlt, brauchen wir die Hilfe von jemandem, der sich hier auskennt."

An den Wänden hingen großformatige Skizzen, offenbar Entwürfe für Objekte, die an Haifischgebisse erinnerten.

„Nehmt auf jeden Fall alle wichtigen Papiere mit und natürlich auch seinen Computer. Vielleicht finden wir einen Hinweis auf mögliche Täter."

Ariano ließ den Blick noch mal durch den Raum wandern. „Wie ist denn jetzt dein Interesse bei dieser Angelegenheit?", fragte er mich dann. „Bist du weiter dran an dem Fall?"

„Das weiß ich noch nicht", antwortete ich. „Dazu will ich noch mal mit Celine reden. Eigentlich gab es noch keinen richtigen Auftrag. Und suchen muss ich Spartakus nun auch nicht mehr!"

Ariano nickte. „Außerdem ist die Sache bei uns ja auch in guten Händen."

Dem konnte ich nur zustimmen. Trotzdem war meine Neugier jetzt geweckt. Zwar würde Celine mich nicht bezahlen können, aber ich hatte da eine Idee, über die ich unbedingt mit ihr sprechen wollte. „Ich gehe gleich mal rüber in die Gerichtstraße, um mit der Frau zu reden", sagte ich. „Ich melde mich auf jeden Fall später bei dir!"

„Warte noch kurz. Was denkst du über sie, hältst du sie für sauber?"

„Wie meinst du das?"

„Wenn ich mir so anschaue, was hier passiert ist, dann kommt auf jeden Fall eine Beziehungstat infrage und da wäre sie ja wohl die erste Kandidatin. Mord aus Eifersucht ist eines der häufigsten und stärksten Motive."
Verdammt! Daran hatte ich noch nicht gedacht. „Hm. Ich weiß nicht. Auf mich wirkt sie nicht wie eine Frau, die ihren Mann umgebracht hat, weil er sie verlassen wollte. Aber du hast natürlich recht." Einerseits gefiel mir der Gedanke überhaupt nicht, weil mir Celine spontan sympathisch war, andererseits ärgerte ich mich, dass ich nicht selbst darauf gekommen war.
„Vielleicht ist ja noch eine weitere Frau im Spiel", sagte Ariano, „von der Frau Schattelein nichts weiß. Die ganze Sache erscheint mir auf den ersten Blick sehr unübersichtlich, solche Leute wie Spartakus Schlenz haben meistens einen riesigen Bekanntenkreis, durch den wir uns wühlen müssen."
„Ich fürchte, das wird eine harte Nuss", sagte ich und verabschiedete mich.

3

Auf dem Weg in Richtung Max-Brauer-Allee versuchte ich, die Fakten in meinem Kopf zu ordnen, aber es gab zu viele Fragen und keine Antworten. Was kam als Motiv infrage? Mit seiner Arbeit als politischer Aktionskünstler hatte Spartakus gewiss häufig angeeckt, aber deshalb wurde doch niemand umgebracht. Außerdem hatte Ariano recht: Das Ganze sah eher aus wie ein spontaner Totschlag im Affekt und das war fast immer eine Beziehungstat. Hinzu kam, dass Spartakus seinen Mörder selbst hereingelassen hatte. War das ein Indiz dafür, dass er ihn kannte? Nicht unbedingt, wahrscheinlich war es nicht schwierig, unter einem Vorwand von ihm hereingelassen zu werden. An der Ecke beim „Woodpecker“ angekommen, wartete ich, bis die Ampel auf grün sprang. Ein wild gewordener Fahrradfahrer fuhr mir fast über die Füße. Auf der anderen Straßenseite stand wuchtig das Gericht. Das bereits 1878 errichtete Gebäude des Amtsgerichts Altona ist zu trauriger Berühmtheit gekommen, weil hier 1933 die ersten politischen Todesurteile des NS-Staates gefällt wurden. August Lütgens, Walter Möller, Bruno Tesch und Karl Wolff wurden in der Folge des Altonaer Blutsonntags nach einem Prozess mit gefälschten Beweisen im Hof des Gerichts von dem damals berüchtigten Henker Carl Gröpler mit dem Handbeil geköpft. Ich fragte mich, was für ein Mensch wohl dazu fähig war, einem anderen mit dem Beil den Kopf abzuschlagen, auch wenn dieses Tun gesetzlich legitimiert war. Immerhin hat Carl Gröpler gegen eine Pauschale von 3000 Reichsmark pro Jahr im Laufe seines Berufslebens etwa 170 Leute geköpft, Männer wie Frauen. Wie war es wohl, wenn er von der

Arbeit nach Hause kam? Ob er Frau und Kinder hatte, denen er von seiner Arbeit erzählte, und wie die wohl seinen Beruf fanden? Mich gruselte.
Die Gerichtstraße führt geradewegs hinein ins Haubachviertel, ein ruhiges Wohnquartier zwischen Max-Brauer-Allee, Holstenstraße und dem Bahngelände an der Harkortstraße. Wie wird sich das Viertel verändern, wenn dieses Gelände im Zuge der Bahnhofsverlegung bebaut wird, ein Areal der Größe von 23 Fußballplätzen? Ich konnte verstehen, dass die Leute, die schon lange hier wohnten, sich Sorgen machten. Theodor Haubach, der Namensgeber dieser Gegend, war als Sozialdemokrat ein Opfer der NS-Willkürjustiz und wurde im Januar 1945 in Berlin durch den Strang hingerichtet. Oh, mein Gott, Altona schien mir plötzlich beherrscht von Hinrichtung, Mord und Totschlag, aber immerhin war mein Stadtteil von jeher Heimat für Freidenker und Freiheitskämpfer und das hat sich bis heute nicht geändert. Ich überholte die schwergewichtige Mutter mit ihrem dicken Sohn, die anscheinend auch im Haubachviertel wohnten und erschöpft von der Eisbecherschlacht nach Hause schlichen.
Arianos völlig berechtigter Hinweis, dass Celine zum Kreis der Verdächtigen zählte, nagte in mir. Vielleicht hatte sie ja doch eine Idee, wer ihrem Freund mit der Venus das Lebenslicht ausgepustet hat? Welche Ironie, ausgerechnet die Venus, die Göttin der Liebe! Aber trotz der düsteren Gedanken an den Altonaer Blutsonntag und den Tod von Spartakus Schlenz genoss ich den warmen Tag. Die Vögel zwitscherten in den hellgrünen Bäumen, der Frühling gab noch mal richtig Gas. Ich hatte bereits den Duft der Lindenblüte in der Nase. Keine gute Zeit, um zu sterben!
Celines Türsummer schnurrte und die restaurierte alte

Haustür sprang auf. Sie erwartete mich an der Wohnungstür und führte mich in die kleine Küche, wo ich überraschend auch noch Kurry antraf, der mit einem Becher Kaffee in der Hand einen der vier Stühle wärmte, von denen jeder individuell bunt angestrichen war und an die Bilder von Keith Haring erinnerte. Auch mir wurde ein Kaffee und ein Stuhl angeboten.
„Die Stühle gefallen mir“, sagte ich, „haben Sie die selbst bemalt?“
Celine nickte. „Das sind ausrangierte Bürostühle“, erklärte sie. „Ich habe sie im Hinterhof des Gerichts gefunden und vor dem Sperrmüll gerettet. Mit Erlaubnis des Hausmeisters“ – sie warf Kurry einen Blick zu – „habe ich sie mitgenommen und hergerichtet.“
„Keine Sorge. Kurry ist bei der Mordkommission, ein paar geklaute Stühle würden ihn nicht interessieren. Das hat sich aber gelohnt. Die sind wirklich schön geworden.“ Ich nahm einen Schluck Kaffee.
„Frau Schattelein hat eine Liste der Freunde und Bekannten von Herrn Schlenz zusammengestellt“, sagte Kurry, „aber sie hat keinen konkreten Verdacht.“ Er wedelte mit einem kleinen Notizblock.
„Ich kenne niemanden, der einen Grund hätte, Spartakus zu erschlagen. In der Szene war er sehr beliebt und hatte viele Freunde. Ich glaube, es gab keinen, der ihn so gehasst hat, dass er ...“ Sie konnte es nicht aussprechen, schluchzte und hatte Mühe fortzufahren. „Allerdings war er in den letzten Tagen ziemlich aufgeregt, eher euphorisch, weil er eine ‘echt heiße Sache am Wickel hatte‘, wie er das nannte. ‘Diesmal werde ich es den Immobilienspekulanten, die sich die Stadt unter den Nagel reißen, richtig zeigen‘, hat er gesagt.“
„Aber Sie wissen nicht, was er da geplant hatte?“, fragte Kurry nach.

„Nicht genau. Ich weiß nur, dass sein Projekt mit der geplanten Verlegung des Bahnhofs und der Neubebauung des Geländes durch die Investoren Dehmel & Brüll zu tun hatte. Er wollte noch nicht darüber reden. Sie sollten mal mit Crix sprechen, seinem Freund und Kollegen. Die beiden haben zusammengearbeitet, der weiß garantiert mehr als ich."

„Den habe ich schon auf dem Zettel", sagte ich.

„Das ist unser Job, das lass uns mal machen", mäkelte Kurry. „Wie war eigentlich Ihr Verhältnis zu Spartakus in der letzten Zeit? Haben Sie öfter gestritten?"

Celine versuchte vergeblich, die Entrüstung in ihrer Stimme zu unterdrücken. „Denken Sie etwa, ich habe meinen Freund erschlagen?"

„Was ich denke, spielt jetzt erst einmal keine Rolle", sagte Kurry und musterte interessiert die weiße Wand. „Bei acht von zehn Morden findet sich der Täter im engeren Umfeld des Opfers. Da ist es doch ganz normal, dass wir auch in diese Richtung ermitteln."

„Auch das noch", stöhnte Celine, „als würde es nicht reichen, dass Spartakus tot ist."

„Natürlich zählen Sie zum Kreis der Verdächtigen. Deshalb werden wir Sie auch nach Ihrem Alibi fragen, sobald die Obduktion den Todeszeitpunkt genauer eingegrenzt hat."

„Ich war Freitag Nachmittag bei Spartakus, aber er hat noch gelebt, als ich gegen acht Uhr gegangen bin. Den Abend habe ich mit meiner Freundin Ina in der „Werkstatt 3" bei einem Konzert verbracht. Gegen ein Uhr in der Nacht bin ich nach Hause gegangen. Ich habe übrigens an dem Abend mehrmals versucht Spartakus anzurufen, aber er hat das Telefon nicht abgenommen."

Kurry ließ nicht locker und kritzelte kryptische Zeichen auf seinen Notizblock. Ich tat so, als ginge mich das alles

nichts an, hörte aber interessiert zu. „Gab es in letzter Zeit Streit zwischen Ihnen?"
Sie schüttelte betroffen den Kopf. „Wir hatten keinen Streit, worüber auch."
„Na, es gibt doch genügend Gründe zwischen Männern und Frauen, die da infrage kommen", sagte er, „... leider."
Celine nickte. „Da haben Sie natürlich recht, aber wenn Sie unsere Freunde fragen, werden Sie hören, dass wir eine gute Beziehung hatten, ohne uns gegenseitig die Freiheit zu nehmen." Sie schüttelte den Kopf. „Ich weiß gar nicht, wie ich es in der nächsten Zeit hier alleine aushalten soll, ohne dass mir die Decke auf den Kopf fällt. Nicht einmal einen Job habe ich."
Ich dachte wieder an den Vorschlag, den ich ihr machen wollte. Natürlich hatte Kurry recht. Wie ja auch schon Ariano gesagt hatte, war Celine als Spartakus' Freundin grundsätzlich verdächtig, auch wenn ansonsten nichts für sie als Täterin sprach.
„Es ist alles so furchtbar!", seufzte sie. „Ich weiß gar nicht, wie es weitergehen soll." Sie schlug die Hände vors Gesicht.
„Nun beruhigen Sie sich. Ich glaube nicht, dass Sie Ihren Freund umgebracht haben. Trotzdem ist es richtig, dass Sie zum Kreis der Verdächtigen gehören." Für einen Moment war ich hin- und hergerissen, aber dann schien mir doch der richtige Moment gekommen, die Katze aus dem zu Sack lassen. „Ich habe da eine Idee", sagte ich, „und würde Ihnen gerne etwas vorschlagen."
Celine ließ die Hände sinken und blickte mich fragend an.
„Sie hatten doch gesagt, Sie seien arbeitslos und auf Jobsuche. Nun könnte ich gut eine Mitarbeiterin für die „Quaestoria" brauchen, und da Sie sozusagen schon fast durch Ihren Namen qualifiziert sind, biete ich Ihnen eine Stelle als Sekretärin in der Agentur an!"

„Oh!“, war alles, was Celine dazu einfiel.
„Denken Sie darüber nach“, sagte ich, „so könnten wir die Polizei auch gemeinsam bei der Suche nach dem Mörder Ihres Freundes unterstützen.“
Jetzt meldete sich auch Kurry wieder. „Ich glaube kaum, dass wir dabei Unterstützung brauchen.“
„Was für ein Tag! Ist das Ihr Ernst?“ Celine schossen wieder Tränen in die Augen.
„Natürlich, warum sollte ich in so einer Situation scherzen?“
„Erst verliere ich Spartakus und dann finde ich so einen tollen Job. Ich bin so froh. So sitze ich nicht den ganzen Tag alleine zu Hause und grüble.“
„Dann nehme ich das jetzt als Zusage“, sagte ich. „Morgen früh um 9 Uhr 30 in der Agentur, dann besprechen wir auch die Details. Sie wissen ja, wo es ist. Jetzt muss ich weiter, ich habe noch einen Termin.“
Ich verabschiedete mich. Kurry machte noch immer keine Anstalten zu gehen. Hoffentlich würde er sie nicht über die Maßen malträtieren. Ich musste hinunter an den Hafen, zum Ausrüstungskai bei der Großen Elbstraße. Dort im „Dockland“, einem wie ein Schiffsbug gebauten sechsstöckigen Bürogebäude, residierte die Firma Dehmel & Brüll. Ein Hamburger Großinvestor und Bauherr, die Firma, die den Zuschlag für das Bahngelände bekommen hat und dadurch zum Feindbild für einen ganzen Stadtteil geworden war. Einer der beiden Geschäftsführer, David Brüll, hatte mich angerufen und um einen Termin gebeten. Worum es dabei ging, wollte er am Telefon nicht sagen, weil es sich um eine außerordentlich heikle Angelegenheit handelte. Warum auch brauchte man sonst einen Detektiv? Ich ging den Weg zurück zum Gericht, um dort in den Bus zu steigen und bis zum Platz der Republik zu fahren, an dem das schneeweiße Altonaer Rathaus liegt, das bis 1898

als Bahnhof der Altona-Kieler Eisenbahngesellschaft diente und erst dann zum Rathaus umgebaut wurde. Von dort aus ging ich über den Altonaer Balkon hinunter an die Große Elbstraße. Hier, wo noch bis in die Siebzigerjahre in schmuddeliger Szenerie der Autostrich beheimatet war und in LKW-Kojen oder auf Liegesitzen emsig Sex-Arbeit betrieben wurde, hatten sich mittlerweile zahllose schnieke Restaurants und schicke Bürogebäude angesiedelt. Dehmel & Brüll belegten die drei oberen Etagen des „Docklands", eines der zahlreichen Gebäude, die Hamburg dem Architekten Teherani zu verdanken hat. Der Glaspalast ist rautenförmig in die Höhe gezogen und soll maritim und dynamisch wirken. Die Bezeichnung „Dockland" stellt eine Gedankenverbindung zu dem gleichnamigen Londoner Edelquartier an der Themse her. Außen kann man über eine gewaltige Treppe bis aufs Dach hinaufsteigen. Dort oben steht man wie auf einer Schiffsbrücke und hat eine spektakuläre Aussicht über den Fluss und die Hafenanlagen. Ich nahm den Aufzug zum Empfang im vierten Stock. Erst in der Kabine merkte ich, dass ich mit einem Schrägaufzug fuhr, und zwar, wie ich später erfuhr, mit dem schnellsten der Welt. Mein Magen brauchte einige Zeit, um mir nach oben zu folgen. Pünktlich auf die Minute stand ich vor einem futuristischen halbrunden Edelstahltresen, hinter dem zwei durchgestylte Empfangsdamen mit den Parfümwolken kämpften, die sie selbst verbreiteten. Die blondere der beiden, mit dem Namensschild 'Gesine Bohrschleck', wandte mir leicht herablassend ihre ansehnliche Büste zu, ihre Kollegin bediente das Telefon mit einem Headset.

Ich zückte meine Karte: „Freddie Nietsch, die Quaestoria", ich habe einen Termin bei Herrn Brüll."

Aus dem Hauch von Geringschätzung, der wohl durch meine bürountaugliche Ausstattung ohne Anzug und

Krawatte hervorgerufen worden war, wurde plötzlich beflissene Zuvorkommenheit, denn wer einen Termin beim Chef hatte, musste irgendwie wichtig sein. Frau Bohrschleck griff zum Telefon und meldete mich an.
Zwei Minuten später stand ich Loreley Lasch, der Assistentin der Geschäftsführung, gegenüber, die mich beim Empfang abholte und nach oben in den sechsten Stock zu den Büros der Geschäftsführer geleitete. Mittlerweile glaubte ich, die Mitarbeiterinnen bei Dehmel & Brüll wurden eingestellt nach dem Motto: Sexy Aussehen bei gleicher Qualifikation bevorzugt! Loreley Lasch trug ein zweiteiliges eng geschnittenes Kostüm mit einem kniekurzen Rock, der den Blick auf zwei wohlgeformte schwarzbestrumpfte Beine lenkte. Schmollmund, ein üppiger Busen und blonde Locken, die ihrem Vornamen alle Ehre machten, komplettierten die außergewöhnlich attraktive Erscheinung. Diese Frau war ein Vamp! Allerdings fragte ich mich, wie weit sie mit ihren überlangen, mehrfarbig lackierten Fingernägeln überhaupt zu Büroarbeit fähig war.
Die Aussicht vom oberen Stock des Dockland war atemberaubend. Der Hafen lag mir zu Füßen. Ich stellte mir für einen Moment vor, ich sei der Dirigent eines gigantischen Orchesters aus großen und kleinen Schiffen und würde von hier oben den Takt angeben. Die schöne Frau Lasch führte mich in den Konferenzraum, wo mich sowohl David Brüll als auch Goliath Dehmel erwarteten. Beide Herren trugen maßgeschneiderte Brioni-Anzüge, hätten aber ansonsten auf den ersten Blick unterschiedlicher kaum sein können. Herr Dehmel war klein und dick, ein massiger Mann mit Stiernacken und Dreifachkinn. Seine Hände hatten das Format von Schaufelbaggern und waren schweißnass, als er sie mir zur Begrüßung reichte. Wieder einmal zeigte es sich, dass Eltern bei der Wahl von unge-

wöhnlichen Vornamen vielleicht etwas zurückhaltender sein sollten, denn so mancher „Tarzan", „Elvis" oder auch „Goliath" entsprach nicht den Assoziationen, die der Name hervorrief. David war größer als Goliath, dabei aber sehr schmal und ausgezehrt mit einer spitzen Nase, vorstehenden Wangenknochen und knorrigen Fingern. Er trug eine dicke Brille mit dunklem Rahmen und wirkte ziemlich nervös. Ich schätzte beide etwa gleich alt, um die 60 Jahre.

„Guten Tag Herr Nietsch", sagte Goliath Dehmel. „Schön, dass Sie so schnell Zeit für uns gefunden haben." Dann wandte er sich der Assistentin zu: „Lassen Sie uns bitte allein, Frau Lasch, und sorgen Sie dafür, dass wir auf keinen Fall gestört werden!"

Während sich die schöne Lasch dezent zurückzog, boten mir die beiden Herren Platz und Kaffee an.

„Bevor ich für Sie aktiv werden kann, muss ich natürlich erst einmal wissen, worum es geht", sagte ich.

David Brüll verzog das Gesicht: „Bevor wir Ihnen Einzelheiten mitteilen, müssen Sie sich zu absolutem Stillschweigen verpflichten." Ich zuckte zusammen, nicht etwa wegen des Inhalts, sondern wegen der Art, wie es rübergebracht wurde. Erst jetzt sah ich, dass Herr Brüll eine elektronische Sprechhilfe benutzte, die dort saß, wo üblicherweise der Kehlkopf zu finden ist, und die hoch und scheppernd, schnarrend wie eine Roboterstimme im Science-Fiction-Film klang. Am Telefon war mir das nicht aufgefallen. Anscheinend hatte der Mann eine Kehlkopfoperation hinter sich, was vielleicht auch erklärte, warum er so mager war.

„Die Sache ist in der Tat so heikel, dass davon nichts an die Öffentlichkeit dringen darf, deshalb haben wir uns auch nicht an die Polizei gewandt", pflichtete Dehmel ihm bei und reichte mir einen Vertrag, der eine Erklärung ent-

hielt, die mich als Auftragnehmer der Firma zu Loyalität und Stillschweigen verpflichtete.
„Solange ich nicht gegen Gesetze verstoßen muss, ist das sowieso Bestandteil meines Berufskodex“, sagte ich und unterschrieb. „Worum also geht es?“
Die beiden sahen sich an. Dann ergriff David Brüll mit seiner gleichförmig scheppernden Stimme das Wort und schnarrte: „Jemand will uns erpressen!“
Ähnliches hatte ich angesichts der Heimlichtuerei von David und Goliath schon vermutet.
Dehmel zog ein Blatt Papier aus einer Mappe und schob es mir rüber. „Diesen Brief haben wir vorgestern bekommen.“
„Wir haben es schon immer geahnt, jetzt haben wir Beweise! Sie haben bestochen! Keine Polizei! 500 000 Euro, sonst geht alles an die Presse! Wir melden uns! Die Bi-Ba-Butzemänner!“
„Die Bi-Ba-Butzemänner sind aus dem Kindergarten ausgebrochen?“, fragte ich verwundert.
„Ha, Ha, Ha“, sagte Goliath Dehmel, „wir finden das gar nicht komisch. ‘Ba’ bezieht sich auf den Bahnhof.“ Unsere Firma ist mit der Bebauung eines großen Teils der Flächen betraut, die durch die Umsiedlung des Bahnhofs Altona frei werden. Er schob mir einen Stoß Papiere rüber. „Dies sind Arbeitsprotokolle und Stundenzettel, die belegen sollen, dass die Firma Draegerbau vor drei Jahren die Villa von Dr. Peter Bock saniert hat. Herr Bock ist bei der Behörde verantwortlich für die Ausschreibungen bei der Vergabe öffentlicher Flächen und hat sich sehr für unsere Firma eingesetzt. Die Erpresser behaupten, dass diese Arbeiten im Wert von etwa 250.000 Euro Dr. Bock nie in Rechnung gestellt worden sind. Als Gegenleistung soll er uns bei der Ausschreibung bevorzugt behandelt haben. Das ist natürlich alles Quatsch! Wir sind zum Zuge

gekommen, weil wir das beste Angebot gemacht haben.“ Diesmal ging es also nicht um David gegen Goliath, sondern um David und Goliath gemeinsam gegen den Bi-Ba-Butzemann.

„Moment mal“, sagte ich, „Das verstehe ich noch nicht. Was haben Sie mit Draegerbau zu tun? Und wieso soll das eine Bestechung gewesen sein?“

„Jens Draeger bekommt von uns regelmäßig ziemlich lukrative Aufträge für Großprojekte“, erklärte Brüll. „Man kann die ganze Angelegenheit leicht so interpretieren, dass die Draegerbau als Gegenleistung für unsere Aufträge in Millionenhöhe das Haus von Dr. Bock kostenlos saniert hat. Auf diese Weise wäre kein Geld geflossen und wegen des Umwegs über Draegerbau wäre uns eine Beteiligung auch schlecht nachzuweisen. Wenn wir wirklich hätten bestechen wollen, wäre das ziemlich clever gewesen. Aber an der ganzen Sache ist natürlich nichts dran!“

„Warum sind Sie dann so beunruhigt?“, fragte ich nach.

“Sie kennen doch die sensationsgierige Presse. Alleine das Gerücht, es sei beim Verkauf des Areals an uns nicht alles mit rechten Dingen zugegangen, würde zu einem Aufschrei führen, egal ob berechtigt oder nicht. Es geht immerhin um 35 Hektar in bester städtischer Lage, das wichtigste Hamburger Bauprojekt nach der Hafencity“, sagte David Brüll. „Gerade jetzt, wo Stuttgart 21 das Land spaltet, wäre ein solches Gerücht fatal.“

„Eine Diskussion darüber würde mindestens zu empfindlichen Verzögerungen führen, wenn nicht die gesamte Ausschreibung wiederholt werden müsste“, brummte Dehmel. „Und das wäre für uns furchtbar. Wir haben schon eine Menge investiert, die Bebauung des alten Bahnareals ist eines unserer wichtigsten Projekte, dabei geht es um viele Millionen Euro!“

„Warum zahlen Sie dann nicht einfach?“
„500.000 sind auch für uns eine Menge Geld, aber wir würden sogar zahlen, wenn wir sicher sein könnten, dass es dem Erpresser wirklich ums Geld geht. Andererseits käme es doch einem Schuldeingeständnis gleich, wenn wir zahlen würden. Wer sagt, dass damit alles beendet wäre? Aber ‘Bi-Ba-Butzemänner‘, das klingt nach irgendwelchen Anarcho-Freaks – und die sind doch völlig unberechenbar. ‘Bi-Ba’ lässt mich sofort an BEBA denken, die Bürgerinitiative, die uns sowieso das Leben schwer macht.“ Goliath Dehmel verzog das Gesicht.
„Stellen Sie sich vor, wir sind bereit zu zahlen, und bei der Geldübergabe blitzen die Kameras der Pressefotografen. Die Schlagzeilen will ich mir erst gar nicht ausmalen.“
Diese Bedenken hatten eine gewisse Logik. „Wer weiß denn, dass die Firma Draegerbau für Sie arbeitet und wie kommt ein Außenstehender an diese Papiere?“ Ich zeigte auf die Arbeitsprotokolle.
„Das wissen wir nicht. Wieso fragen Sie das?“, antwortete David Brüll mit einer Gegenfrage.
„Na, der Erpresser muss ein gewisses Insider-Wissen haben. Wie kommt er sonst auf die Draegerbau?“
„Das ist allgemein bekannt“, sagte Goliath Dehmel, „das steht doch auf jedem Bauschild.“
Ich dachte nach. „Die Lage ist verzwickt. Jemand muss den Erpressern die Stundenzettel zugespielt haben. Was kann ich tun? Gelingt es mir, den Erpresser auffliegen zu lassen, kommt die Sache an die Öffentlichkeit und Sie haben genau die Publicity, die Sie vermeiden wollen. Erwische ich den Erpresser nicht und Sie weigern sich zu zahlen, haben wir dasselbe Resultat. Also, wie können wir gewinnen?“
„Richtig! Genau das ist das Dilemma“, sagte Brüll. „Unser Ziel ist es Zeit zu gewinnen. In dieser Woche

werden die Verträge endgültig unterschrieben. Ist das erst über die Bühne, haben wir eine größere Chance, Verdächtigungen und Verleumdungen auszusitzen."

„Kann denn dieser Dr. Bock nicht nachweisen, dass er die Arbeiten ordnungsgemäß bezahlt hat, es wird doch eine Rechnung und eine Überweisung geben?"

„Leider ist die Sache etwas kompliziert", sagte David Brüll. „Dr. Bock hat bar bezahlt. Vielleicht reden Sie noch mal mit ihm."

„Hmm, aber Sie sind sicher, dass an den Vorwürfen nichts dran ist?"

„Auf keinen Fall!", schnarrte Brüll. „Wir leben doch nicht in einer Bananenrepublik!"

„Sagt Ihnen eigentlich der Name Spartakus Schlenz etwas?"

Beide schüttelten den Kopf. „Nein, wieso?", fragte dann Dehmel.

„Schlenz war Aktionskünstler und einer der Wortführer der BEBA. Er ist heute erschlagen in seinem Atelier gefunden worden. Angeblich hat er große Aktionen gegen Ihre Firma geplant."

„Nie von ihm gehört, aber das ist für uns keine gute Nachricht. Irgendwelche Schlauköpfe bringen das wahrscheinlich mit seinem Widerstand gegen uns in Verbindung. Und wenn dann noch das Bestechungsgerücht die Runde macht, Prost Mahlzeit! Wir haben die Ausschreibung absolut legal gewonnen."

Da hatte ich so meine Zweifel, aber das behielt ich besser für mich. Ich verdoppelte meinen Tagessatz, denn ab jetzt musste ich ja auch ein Gehalt für Celine einspielen. Meine Auftraggeber waren es gewohnt, mit großen Summen zu hantieren, insofern stellte das kein Problem dar. Ich vereinbarte, mich zunächst unauffällig ein wenig umzuhören. Ansonsten würden wir abwarten, bis sich die Butzemänner

erneut melden. Von dem Erpresserschreiben lagen bereits Kopien für mich bereit, die ich einsteckte.
Auf dem Weg nach draußen fragte ich mich, ob es ein Zufall war, dass der Aktionskünstler Spartakus Schlenz, der sich intensiv mit dem Erhalt des Altonaer Bahnhofs beschäftigt hatte, gerade in dem Moment erschlagen wurde, als jemand den Investor erpresste, der von dem Großprojekt am deutlichsten profitierte. Als ich mich von Dehmel und Brüll verabschiedete, war es schon dunkel geworden. So hatte ich die Gelegenheit, von dieser exponierten Stelle die Aussicht über den abendlich erleuchteten Hafen zu genießen, der mit seinen ungezählten Lichtern ein wenig unwirklich auf mich wirkte, wie ein Märchenland. Die hohen Containerbrücken und die gigantischen Containerpicker, die zwischen Schiffen und den Brücken herumhuschten, erinnerten mich von hier oben an Leuchtkäfer. Draußen im Vorzimmer saß Loreley, schön wie die Feenkönigin im Märchenwald: „Finden Sie alleine raus?“, fragte sie mich mit einem bezaubernden Lächeln, „oder bestehen Sie auf Begleitung?“
„Ich rufe um Hilfe, wenn ich mich verlaufe“, sagte ich. Vor diesen Fingernägeln hätte ich mich allerdings eher gefürchtet. Mir fielen Geschichten von chinesischen Kung-Fu-Kämpferinnen ein, die ihren Gegnern mit rasiermesserscharfen Fingernägeln die Kehle durchschneiden konnten.
Auf dem Heimweg dachte ich über diese kuriose Erpressung nach. Die ganze Sache schien wenig Sinn zu haben. Vielleicht waren die Bi-Ba-Butzemänner wirklich irgendwelche Anarchos, die es darauf anlegten, Dehmel & Brüll vorzuführen.

4

Am nächsten Morgen trat dann Celine Schattelein ihren Job in der „Quaestoria“ an. Auch wenn sie als Freundin des Opfers zum Kreis der Verdächtigen gehörte, sah ich beim besten Willen erst mal kein Motiv. Vielmehr wurde ich das Gefühl nicht los, dass der tote Aktionskünstler und die Erpressung von Dehmel & Brüll irgendwie miteinander in Verbindung standen. Es konnte kein Zufall sein, dass einer der schärfsten Kritiker des Immobiliengroßprojekts gerade zu der Zeit umgebracht worden war, als die Investoren erpresst wurden. Und somit schied Eifersucht als Motiv aus. Ich bedauerte, dass ich nicht mit Ariano über die Erpressung reden konnte.

Um die Atmosphäre in unserer überschaubaren Bürogemeinschaft locker zu halten, bot ich Celine gleich das „Du“ an. Schnell hatte ich ihr gezeigt, wie mein Büro organisiert war und wie was funktioniert und im Handumdrehen fand sie sich zurecht. Nach dem gestrigen Schock tat ihr die Ablenkung wohl tatsächlich gut. So würde sie nicht alleine zu Hause ins Grübeln verfallen. Bei einem Kaffee informierte ich sie über mein gestriges Gespräch mit Dehmel & Brüll. Zuerst war sie geschockt, dass wir für die Firma arbeiteten, die ihr toter Freund in den letzten Wochen seines Lebens bekämpft hatte.

„Natürlich haben die bestochen!“, rief sie empört. „Ich glaube nicht, dass diese Bi-Ba-Butzemänner sich das aus den Fingern gesogen haben. Schade, dass Spartakus das nicht mehr sehen kann. Der wäre damit an die Öffentlichkeit gegangen!“

„Der hätte davon niemals erfahren dürfen“, sagte ich, „und auch kein anderer. Ich muss dich nicht an deine

Pflicht zur Geheimhaltung erinnern, oder?"
Celine seufzte. „Ist schon klar. Aber schade ist es schon. Crix oder die anderen aus dem BEBA würden ausflippen, wenn sie diese Dokumente in die Finger bekämen."
„Was genau ist eigentlich BEBA?", fragte ich.
„Mensch, du wohnst und arbeitest in Altona und hast noch nie ein Flugblatt von der BEBA in der Hand gehabt? Das Bündnis für den Erhalt des Bahnhofs Altona!", erklärte sie mir. „Das Aktionsbündnis ist ein lockerer Zusammenschluss verschiedener Gruppen und Bürgerinitiativen, die gemeinsam gegen den Abriss des Bahnhofs kämpfen."
Für einen Moment fühlte ich mich ertappt und hatte ein schlechtes Gewissen, weil ich mich in letzter Zeit nicht um die Dinge gekümmert hatte, die die Welt um mich herum bewegten. Aber das behielt ich besser für mich.
„Ach, irgendwie habe ich mir abgewöhnt, Flugblätter zu lesen, seitdem ich kein Student mehr bin", sagte ich etwas patzig.
„Der Widerstand bei uns in Altona ist natürlich nicht mit Stuttgart zu vergleichen, aber wenn die Pläne der Bahn und des Senats erst ins öffentliche Bewusstsein vorgedrungen sind, wird da noch einiges passieren."
„Das ist ein gigantisches Projekt und es wird das Gesicht der Stadt erheblich verändern", sagte ich nachdenklich.
„Es handelt sich immerhin um mehr als 75 Hektar mit 1900 neuen Wohnungen und unzähligen Quadratmetern Gewerbefläche. Wir reden hier von einem komplett neuen Stadtteil. Wenn wir da nicht aufpassen, werden wir zu Fremden in unserem eigenen Viertel. Auch viele Geschäftsleute fürchten um ihren Standort."
Ich nickte. „Hältst du es für möglich, dass es einen Zusammenhang zwischen dieser Erpressung und Spartakus' Tod gibt? 'BEBA' und 'Bi-Ba-Butzemänner', das klingt so, als käme es aus der gleichen Kiste."

„Ich weiß es nicht“, sagte sie nach einiger Überlegung. „Irgendwie kann ich mir das nicht vorstellen. Aber ich hätte auch nicht gedacht, dass ich Spartakus erschlagen auf dem Fußboden seines Ateliers finden würde. Hast du schon mit Crix gesprochen? Der kann dir mehr über die Arbeit der letzten Wochen sagen.“

„Dazu bin ich gestern noch nicht gekommen. Wie bist du eigentlich den penetranten Kurry wieder losgeworden?“

„Wen?“

„Den Polizisten, der dich nach Hause gefahren und anschließend ausufernd verhört hat. Der hört auf den Spitznamen ‘Kurry’. Sein Kumpel, der auch gestern am Tatort war, ist Ketchup“, erklärte ich ihr.

„Wie kommen die denn zu solch eigenartigen Spitznamen?“

„Das ist so, wie es klingt, das hängt mit ihren ungesunden Essgewohnheiten zusammen“, erklärte ich lachend. „Die beiden essen gerne die gleichnamige Wurst mit der gleichnamigen Sauce.“

„Oh … er hat mir noch eine Menge Fragen gestellt. Das musste er wohl, aber eigentlich ist er ganz nett. Er ist kurz nach dir gegangen.“

Bevor ich mich auf den Weg machte, um mit Crix zu reden, rief ich noch Ariano an. „Guten Morgen, alter Junge. Gibt’s Neuigkeiten im Fall Schlenz?“

„Bist du da jetzt doch dran?“, fragte Ariano.

„Wie man’s nimmt“, sagte ich. „Celine Schattelein ist seit heute meine Mitarbeiterin und da ist es doch mehr oder weniger Ehrensache, dass ich mich auch ein bisschen um ihre Probleme kümmere.“ Ich sagte natürlich nichts von meinem Gespräch mit David und Goliath, schließlich war ich zu Stillschweigen verpflichtet.

„Das habe ich schon von Kurry gehört“, sagte Ariano und lachte. „Der findet das nicht gut, insbesondere solange

ihre Unschuld nicht zweifelsfrei feststeht."
„Ich glaube, er ist verliebt", sagte ich. „Er war ja kaum zum Gehen zu bewegen!"
„Sie des Totschlags zu verdächtigen wäre aber eine seltsame Art, sich um eine Frau zu bemühen." Ariano lachte. „Okay, ist aber auch wirklich sympathisch, deine neue Mitarbeiterin!"
„Das stimmt", sagte ich, „nicht, dass du dich auch noch in die Liste ihrer Verehrer einträgst! Außerdem ist sie ja sozusagen trauernde Witwe."
„Keine Sorge", wiegelte mein alter Freund ab, „ich bin wieder mit Charona zusammen. Mal sehen, wie lange es diesmal gut geht."
„Ich drücke euch die Daumen. Grüß' sie von mir." Charona Keller, eine Mitarbeiterin der Baubehörde und Arianos Freundin, hatte uns bei meinem ersten Fall entscheidend weitergeholfen.
„Mach' ich", sagte Ariano.
„Aber jetzt erzähl' mal, wie ist der Stand eurer Ermittlungen?"
„Wir sind bisher leider nicht ernsthaft vorangekommen. Zwar gibt es im Atelier zahlreiche Fingerabdrücke, die wir alle noch nicht zuordnen konnten, die Tatwaffe ist aber abgewischt worden. Kleinste Spuren von Farbe haben sich in den Marmor gefressen, aber Farbe ist in einem Künstleratelier nichts Ungewöhnliches. Außerdem gibt es an verschiedenen Stellen im Atelier wie auch auf der Tatwaffe minimale Spuren von hochkonzentriertem Vitamin A. Wir wissen noch nicht, woher das stammt und was es zu bedeuten hat. Die Farbe lassen wir chemisch analysieren, vielleicht gibt uns ihre Herkunft ja doch einen Hinweis. Schlenz ist mit Sicherheit am letzten Freitag erschlagen worden, und zwar etwa zwischen 20 Uhr und Mitternacht. Wegen der hohen Temperaturen, denen die

Leiche länger als eine Woche ausgesetzt war, lässt sich der Todeszeitpunkt nicht präziser eingrenzen. Der Befund des Pathologen wird gestützt durch die Überprüfung seiner Telefonverbindungen. Um 19 Uhr 48 hat er ein kurzes Telefonat mit Crix Schnabel geführt. Danach hat es mehrere Anrufe gegeben, unter anderem von seiner Freundin, die er alle nicht beantwortet hat. Ich denke, da war er schon tot!"

„Habt ihr mit seinen Freunden und Bekannten gesprochen?", fragte ich.

„Wir sind noch dabei. Der Mann kannte Gott und die Welt. Es wird eine mühsame Veranstaltung, seine persönlichen Verhältnisse zu klären. Frau Schattelein muss mir auch noch genauer sagen, wo sie am Freitag Abend war und was sie gemacht hat."

„Du findest sie in meinem Büro. Ich werde gleich mal diesem Crix einen Besuch abstatten."

„Um den hat sich Ketchup schon gekümmert, ich weiß aber noch nicht, mit welchen Ergebnissen."

„Da hat Kurry ja diesmal wohl die besseren Karten gezogen", scherzte ich, „oder ist Crix so attraktiv wie Celine?"

„Haha, Witzbold! Ich werd's den beiden weitersagen."

„Lieber nicht", sagte ich, „die beiden haben durch mich schon genug aushalten müssen. Du wolltest mir doch auch noch erzählen, warum die Stimmung bei den beiden gestern so schlecht war."

„Ketchup ist bei einer anstehenden Beförderung und Versetzung übergangen worden. Der Polizeidirektor hat nur Kurry berücksichtigt und das hätte außerdem bedeutet, dass die beiden getrennt worden wären. Daraufhin hat auch Kurry verzichtet und beide haben verständlicherweise eine ziemlich miese Laune."

„Verstehe. Da kam deine Bemerkung gestern, von wegen: du seist der Hauptkommissar, gar nicht gut."

„Ich geb's zu: Das war etwas unsensibel. Aber kleine Scherze erhalten die Freundschaft. Du hältst mich auf dem Laufenden", ermahnte mich Ariano, „keine Alleingänge!"
„Alles klar, bis bald." Ich legte auf und beauftragte Celine, im Internet alles über Dehmel & Brüll zu sammeln, was sie finden konnte, und eine Mappe zusammenzustellen. Außerdem sollte sie die Adresse dieses Dr. Bock und der Draegerbau raussuchen.
„Wie fühlst du dich", fragte ich sie, „kannst du wirklich arbeiten? Wenn es dir nicht gut geht, sag' es mir bitte, dann gehst du nach Hause."
„Nein, nein, ich bin froh, dass ich hier sein kann. Das ist auf jeden Fall besser, als zu Hause zu sein."
"Das freut mich. Ariano will übrigens genau wissen, wo du vorletzten Freitagabend warst, als Spartakus erschlagen wurde. Du sagtest etwas von der „Werkstatt 3" im Nernstweg?"
Celine dachte nach. „Auf die Minute genau kann ich das natürlich nicht sagen, aber ich war bis etwa halb acht bei Spartakus. Dann bin ich runter zu Ina. Wir wollten zusammen nach Ottensen. In der Werkstatt 3 gab es ein afrikanisches Konzert. Dort waren wir bis kurz nach Mitternacht, dann bin ich nach Hause gegangen."
„Du hattest gesagt, du hast Spartakus am Abend noch mal angerufen?"
„Ja, mehrmals sogar. Aber ich habe ihn nicht erreicht." Sie wurde wieder blass. „Da war er wohl schon tot."
„Was wolltest du von ihm?"
„Ich hatte Leute von der BEBA bei dem Konzert getroffen und wollte ihm von einer neuen Aktion erzählen, die ihn bestimmt interessiert hätte."
„Na, dann gibt es ja jede Menge Zeugen, die dich dort gesehen haben." Es beruhigte mich, dass Celine ein so klares Alibi für die Tatzeit hatte. So machte ich mich also

auf zu Crix Schnabel, der wie Spartakus im alten EKZ Große Bergstraße wohnte. In der Ottenser Hauptstraße war viel los. Mengen von Leuten bummelten oder saßen in den Cafés, nicht verwunderlich bei dem guten Wetter. Eine elegante Dame mit Gucci-Sonnenbrille und zwei Möpsen an der Leine stöckelte in Hochfront-Trotteurs an der Stadtbäckerei vorbei und konnte mit Müh und Not ihre kurzbeinigen Kläffer davon abhalten, sich mit einem großen, schwarzen Bettvorleger-Hund anzulegen.
Wie schon gestern hatte die BEBA vor dem Mercado wieder ihren Infostand aufgebaut. Heute war es allerdings ein wenig ruhiger als gestern. Pflichtschuldig steckte ich eines der Flugblätter ein. Jetzt musste ich ja wirklich wissen, was da vor sich ging. Auf einem großen Plakat sah man einen Hai mit der Aufschrift Dehmel & Brüll, der den Bahnhof verschlang. Auf den anderen Plakaten stand „Profil vor Profit! Rettet das Gesicht Ottensens! Schluss mit der Yuppisierung!“
Ein paar Meter weiter campierte eine Gruppe Punks mit ihren Hunden und schnorrte Passanten um Kleingeld an. Mein spezieller Freund, dessen Köter mir gestern vor die Füße gekackt hatte, war auch dabei. Für musikalische Untermalung sorgte der alte rumänische Zigeuner mit dem Akkordeon – ein freundlicher, kleiner Mann mit einem ledernen Hut, der schon seit Jahren bei jedem Wetter dort saß und spielte.
Auf der anderen Seite des Bahnhofs war es weniger gemütlich. Rund um die hohen Häuser zog ein kühler Wind. Die Große Bergstraße wirkte wie eine große freie Schneise. Das „Frappant“ war bedeckt von Graffiti und Plakaten, teilweise abgerissen und überklebt, und die Leute hier wirkten deutlich ärmer als auf der anderen Seite, in Ottensen.
Crix Schnabel war zu Hause. Er hatte sich in einem der

ehemaligen Läden niedergelassen und arbeitete bei geöffneter Tür an einem großformatigen Gemälde, sozusagen coram publicum. Der Mann malte hochkonzentriert und schien mich nicht zu bemerken. Er war relativ klein und drahtig, etwa so alt wie ich, mit einem gut aussehenden, fein geschnittenen Gesicht, aber früh ergraut. Anscheinend hatte er ein Problem mit dem linken Fuß, denn ich sah, dass er leicht hinkte. Ich klopfte an die Türscheibe und trat ein. Jetzt unterbrach er seine Arbeit und sah mich fragend an. Ich zückte meine Karte und stellte mich vor. „Sie sind Crix Schnabel, nehme ich an!" Er nickte. „Sie kommen auch wegen Spartakus? Die Polizei war schon hier."

„Celine Schattelein hat mich beauftragt, die Polizei bei der Suche nach dem Mörder ihres Freundes zu unterstützen."

„Spartakus war mein bester Freund", sagte Crix. „Wir haben schon zusammen studiert."

„Und Sie haben auch in letzter Zeit oft zusammen gearbeitet, hat mir Celine erzählt."

„Das stimmt", bestätigte Crix, „wobei ich eher Maler als Aktionskünstler bin. Aber wenn Spartakus Unterstützung brauchte, war ich immer dabei. Auch sein aktuelles Projekt haben wir zusammen vorbereitet."

„Worum ging es denn dabei?", wollte ich wissen.

„Das Thema war 'Immobilien-Haie zerstören Altona'. Wir wollten Dehmel & Brüll und die ganze Mischpoke bei der Bahn und den Behörden an den Pranger stellen. Die stecken doch alle unter einer Decke, wenn es ums Geld geht."

„Und was genau hatten Sie da geplant?", hakte ich nach.

„Jetzt kann ich ja drüber reden", sagte Crix, „wir wollten in einer Nacht-und-Nebel-Aktion eine riesige Haifischflosse oben auf dem Dach des Dockland anbringen und rund um den Altonaer Bahnhof aufgesperrte Haifisch-Schlünde aufstellen, sodass jeder, der den Bahnhof betritt oder verlässt, sozusagen von Haien geschluckt wird.“

„Hm“, sagte ich, „klingt interessant, aber reicht nicht als Motiv für einen Mord.“

„Sie glauben, dass der Mord an Spartakus irgendwie mit Dehmel & Brüll zu tun hat?“, fragte Crix.

„Celine hat so eine Vermutung geäußert. Sie meinte, Spartakus war in den Besitz irgendwelcher heiklen Hintergrundinformationen gekommen, die ihn vielleicht das Leben gekostet haben.“ Das war zwar etwas übertrieben, würde ihn aber vielleicht aus der Reserve locken.

„Davon weiß ich nichts“, sagte Crix, „und ich bin sicher, wenn dem so wäre, hätte er mir davon erzählt. Dehmel & Brüll ist zwar eine Schweinefirma, aber Mord?“

„Glauben Sie, der Verkauf des Bahngeländes an die Firma ist irgendwie über Bestechung gelaufen?“

„Wie kommen Sie denn darauf?“, fragte Crix zurück und sah mich an.

„Ich weiß nicht. Ist irgendwie naheliegend.“

„Zuzutrauen wäre denen das“, sagte Crix, „und Gerüchte kursieren auch, aber beweisen kann es keiner. Da kommt man leicht in Teufels Küche wegen übler Nachrede. Die großen Konzerne lassen gerne ihren ganzen Stab von Anwälten von der Leine.“

„Wollen Sie das Projekt auch ohne Spartakus realisieren?“

„Ich weiß noch nicht. Wahrscheinlich nicht. Muss erst mal den Schock verdauen!“

„Haben Sie denn irgendeine Idee, wer Ihren Freund auf dem Gewissen haben könnte?“, stellte ich eine letzte Frage.

„Nein, keine“, war die karge Antwort.

„Wann haben Sie Spartakus das letzte Mal gesehen?“

„Das habe ich schon der Polizei gesagt. Vorletzten Freitagnachmittag. Wir hatten wegen des Projektes viel

Organisatorisches zu besprechen. Als dann irgendwann Celine kam, bin ich hierher in mein Atelier gegangen und habe weiter gemalt."
„Und am Abend? Was haben Sie da gemacht?"
„Ich habe noch immer gemalt."
„Gibt es dafür Zeugen?"
„Ich war alleine. Aber vielleicht haben ja Passanten mich dabei beobachtet. Sie sehen ja, hier kann jeder reingucken."
„Haben Sie sich denn nicht gewundert, dass Ihr Freund sich so lange nicht gemeldet hat?"
„Das war nicht ungewöhnlich, eine Woche ist doch nicht lange. Manchmal haben wir uns wochenlang nicht gesehen, obwohl wir im selben Haus wohnen. Als Künstler lebt man eben nicht nach der Stechuhr."
„Aber in der Vorbereitung zu einem großen Projekt ist eine Woche doch ziemlich lang."
Crix Schnabel zuckte die Schultern. „Es kommt immer drauf an, was zu tun ist."
Ich überließ Herrn Schnabel wieder seiner Arbeit. So recht vorangebracht hatte unser Gespräch mich nicht. Mich wunderte die Beiläufigkeit, mit der Crix über den Tod seines Freundes hinwegging, aber das war vielleicht seine Art damit umzugehen. Wir Männer zeichnen uns ja oft durch die Unfähigkeit zu trauern aus. Aber er war ein guter Maler. Das Bild, an dem er gerade arbeitete, hatte mir sehr gefallen. Es war ungegenständlich, erinnerte jedoch an eine düstere Landschaft, über die großflächig ein kalligrafisch geschriebener Text gelegt war.
Ich setzte mich ins benachbarte „Kunstnah", die kommunale Galerie mit Café, und bestellte einen Cappuccino. Noch während ich überlegte, was ich mit dem längeren Ende dieses schönen Tages anfangen wollte, und den ersten Schluck vom Milchschaum des Cappuccinos schlürfte,

zappelte mal wieder mein Handy in der Hosentasche. Meine neue Mitarbeiterin war in der Leitung: „Hallo, Chef", sagte sie, „ich habe einiges an Information über Dr. Bock, die Draegerbau und D & B zusammengetragen. Willst du telefonisch einen Zwischenbericht?"

Ich dachte kurz nach. „Was hast du über diesen Bock, den sie zum Gärtner gemacht haben?"

„Dr. Peter Bock ist Geschäftsführer der Liegenschaftsverwaltung Norddeutschland der Bahn. Ich habe auch die Privatadresse überprüft. Sie stimmt überein mit der Adresse auf den Unterlagen des Erpressers, der von Draegerbau sanierten Villa. Über Dehmel & Brüll steht natürlich wahnsinnig viel im Netz, das meiste ist allerdings für unseren Fall nicht interessant. Von Bedeutung ist vielleicht, dass es vor kurzem den Versuch einer feindlichen Übernahme durch den schärfsten Konkurrenten, die REW, gegeben hat. Die „Real Estate Worldwide", ist eine internationale Company aus London."

„Oh Gott, das wird ja immer komplizierter!", stöhnte ich. „Ich werde mal mit diesem Dr. Bock reden."

Celine nannte mir seine Telefonnummer und die Büro-Adresse.

„Gute Arbeit", lobte ich sie, „bitte schau auch, ob über David und Goliath privat etwas zu finden ist, bei Facebook und so weiter. Ich kann mir zwar nicht vorstellen, dass die beiden twittern, aber wer weiß. Ein bisschen Hintergrundwissen über unsere Auftraggeber kann nicht schaden. Wir sehen uns später."

Die Sache wurde langsam unüberschaubar. Kam nun noch diese REW aus London ins Spiel? Was hätten die für ein Interesse, Dehmel & Brüll zu schaden? Vielleicht benutzten sie die Erpressung, um ihren Konkurrenten auszubooten und sich das Geschäft mit der Neubebauung des Bahngeländes unter den Nagel zu reißen? Aber andererseits erschien mir das doch sehr weit hergeholt und auch umständlich. Mal schauen, was dieser Dr. Bock dazu sagte. Ich wählte seine Nummer und hatte seine Sekretärin am Ohr. Als ich mich als Mitarbeiter von Dehmel & Brüll vorstellte, leitete sie mich sofort an ihren Chef weiter. Ich wunderte mich ein wenig, dass Dr. Bock sofort Zeit für mich hatte, aber in Anbetracht der Vorwürfe von Bestechlichkeit, die gegen ihn im Raum standen, wirkte er schon am Telefon sehr angespannt und schien froh zu sein, dass jemand die Angelegenheit in die Hand nahm. Da die Bahnverwaltung gleich um die Ecke in der Nähe des Bahnhofs lag, zahlte ich meinen Cappuccino und saß ihm eine halbe Stunde später gegenüber.

Doc Bock sah so aus, als stünde er kurz vor der Pensionierung, ein unauffälliger Mann etwa Anfang bis Mitte sechzig. Sein schweißfeuchter Händedruck war kraftlos und er machte einen insgesamt nervösen Eindruck. Die dünnen Haare trug er zurückgekämmt wie Huub Stevens. Ich lehnte den angebotenen Kaffee dankend ab und schob gleich die Kopien der Arbeitsprotokolle über seinen Schreibtisch. Er warf einen kurzen Blick darauf und gab mir die Blätter zurück. „Die kenne ich schon, Dehmel & Brüll haben mich sofort informiert, als dieser Schweinkram aufgetaucht ist. Diese Leute lügen, ich habe nie private Vorteile aus meiner geschäftlichen Beziehung zu D & B gezogen. Trotzdem ist diese Anschuldigung eine Katastrophe! Sie wissen ja, wie das ist. Bei einem Verdacht bleibt immer was kleben! Wenn diese Geschichte öffentlich wird, kann ich einpacken." Bock wurde krebsrot. Er zückte ein Taschentuch, um sich die kleinen Schweißperlen von der Stirn zu tupfen.

Ich steckte die Papiere wieder ein. „Wenn das wahr ist, was Sie sagen, werden wir alles dafür tun, um das zu verhindern", sagte ich, „obwohl es, offen gesagt, eher schlecht aussieht. Hat denn die Draegerbau Arbeiten an Ihrem Haus durchgeführt?"

Bock zuckte zusammen. „Ja." Er zog die Schultern hoch und sah zu seinen Füßen hinunter, die ein Muster in den Teppich unter seinem Schreibtisch scharrten. „Ich hatte Herrn Draeger … äh … bei einer gesellschaftlichen Veranstaltung über Herrn Dehmel kennen gelernt."

„Aber ich habe schon gehört, dass die Sache ohne Rechnungen abgelaufen ist. Das macht es natürlich schwierig, Sie – und damit D & B – zu entlasten."

„Sehen Sie", sagte Bock und blickte nervös von einer Ecke des Raums zur anderen, bevor er wieder mich ansah, „genau das ist das Problem. Damals ist Bargeld geflossen. Ich will Ihnen jetzt nicht auseinandersetzen, warum und weshalb, aber es wäre mir, sagen wir aus steuerlichen Gründen, sehr unangenehm, das offen zu legen."

„Verstehe", sagte ich, „haben Sie eine Idee, wer Ihnen das eingebrockt hat, haben Sie Feinde?"

„Nicht privat", erwiderte Bock, „ich lebe sehr zurückgezogen. Aber seitdem der Rummel um Stuttgart 21 nach Altona überschwappt, greift die Initiative zur Rettung des Bahnhofs mich immer wieder persönlich an. Wahrscheinlich haben Sie die Spuren der Farbbeutelanschläge unten am Haus gesehen."

Ich nickte. „Gibt es irgendwelche ungeklärten Frauengeschichten in Ihrem Leben?"

Bock sah mich entgeistert an, als hätte ich mit meiner Frage einen Schlenker nach Absurdistan gemacht. „Sehen Sie mich an", sagte er dann. „Ich will fast sagen: leider nein. In dieser Richtung brauchen Sie nicht weiter zu suchen, was Frauen angeht, verläuft mein Leben eher langweilig."

„Wie auch immer." Ich tippte mit dem Zeigefinger auf den Schreibtisch. „Die Fakten sehen also so aus, dass die

Draegerbau Ihr Haus saniert hat, es darüber aber keine Rechnungen und Zahlungsbelege gibt, und das ist sehr schlecht. Insbesondere wenn man bedenkt, dass die Erpresser das wissen. Es muss also einen Insider geben, der ein Interesse daran hat, D & B oder vielleicht sogar Ihnen zu schaden."
Ich stand auf und gab ihm meine Karte. „Wenn Ihnen irgendetwas einfällt, was uns weiterhilft, rufen Sie mich an."
„Das Ganze ist mir außerordentlich unangenehm und belastet mich sehr", sagte Dr. Bock. „Seitdem ich von der Erpressung weiß, kann ich nicht mehr schlafen. Hoffentlich glückt es Ihnen, die missliche Sache schnell aus der Welt zu schaffen."
Ich zuckte mit den Schultern: „Bisher habe ich noch keinen echten Anhaltspunkt." Damit machte ich mich auf den Rückweg in mein Büro.
Am Nachmittag rekapitulierte ich mit Celine die Situation. Dehmel & Brüll wurden erpresst. Der Erpresser behauptete, der Verkauf des Bahnhofsgeländes an D & B sei durch Bestechung Dr. Peter Bocks zustande gekommen. Alle Beteiligten bestreiten das. Es gibt aber auch keine Rechnung und keine Belege, die beweisen, dass Bock die Draegerbau ordnungsgemäß bezahlt hat, weil der Trottel die Arbeiten in bar mit Schwarzgeld bezahlt hat. Nur ein Insider konnte wissen, dass Draegerbau die Arbeiten an Bocks Haus nicht offiziell abgerechnet hatte. Mir war aber noch immer nicht klar, was hier gespielt wurde und wie Spartakus ins Gesamtbild passte? Denn dass er da mit hineingehörte, sagte mir mein Gefühl. Und was war mit Crix Schnabel und der BEBA? Und schließlich gab es noch diese ominöse REW aus London, über die ich noch nichts weiter wusste. Die Lage war undurchsichtig bis verworren. Ich war mir nicht einmal sicher, dass es

sich um eine echte Erpressung handelte, denn wie Goliath Dehmel selbst angemerkt hatte, konnte es genauso gut eine verkappte Falle sein. Aber auch dann galt, dass es eine undichte Stelle in der Firma geben musste. Vielleicht gab es sogar Sympathisanten der BEBA in der Firma? Solange, bis der oder die Erpresser sich erneut meldeten, schien es mir am besten, mich bei Dehmel & Brüll diskret umzusehen, vorsichtig, ohne allzu viel Staub aufzuwirbeln, und nach dem Maulwurf zu suchen. Außerdem konnte es interessant sein, mal mit jemandem bei der Draegerbau zu reden, denn die Stundenzettel kamen ja von dort. Da Celine sich durch Spartakus in der Szene gut auskannte, bat ich sie sich umzuhören, was so an Gerüchten und Vermutungen durch die Straßen geisterte. Ich setzte mich ins Auto und fuhr zum „Dockland", um noch einmal mit meinen Auftraggebern zu sprechen.
Glücklicherweise musste ich nicht lange nach einem Parkplatz suchen, denn gerade als ich ankam, parkte ein silbergrauer Audi R8 aus und fuhr aufröhrend in Richtung Große Elbstraße. Ich wartete dahinter, um in die freigewordene Parklücke zu setzen, aber dann sah ich, dass der teure Flitzer von Loreley Lasch gesteuert wurde. Noch während ich dachte, dass die Sekretärinnen bei Dehmel & Brüll wohl ziemlich gut verdienen müssten, um sich solche Autos zu leisten, gab ich fast unwillkürlich Gas, parkte nicht ein, sondern folgte dem auffälligen Sportwagen. Auch der schnittigste Flitzer ist bei den Tücken der Hamburger Ampelschaltungen kaum schneller als die älteste Rostlaube und so machte es mir keine Mühe, mit dem PS-starken Kraftpaket mitzuhalten. Wir fuhren über die Elbchaussee nach Westen. In Othmarschen bog sie rechts ein in die Parkstraße, wo die Fahrt in der Tiefgarage einer ansehnlichen Villa endete. Ich fuhr noch ein paar Meter weiter, wendete dann und parkte so, dass ich das

Haus beobachten konnte, ohne mein Auto zu verlassen. Villa und Audi waren mehrere Nummern zu groß für das Gehalt einer Assistentin oder Sekretärin, aber vielleicht gab es einen gut verdienenden Herrn Lasch. Eine Frau dieses Kalibers würde keinen Habenichts heiraten, dachte ich mir. Trotzdem wollte ich ein wenig im Auto ausharren und die gute Aussicht auf das Junigrün der Bäume in dieser schönen Straße genießen. Meine Geduld wurde in doppelter Hinsicht belohnt. Erst tauchte Loreley hinter einem der großen Fenster im ersten Stock auf und ließ zwischen dem frischen Grün des Baums vor ihrem Haus die zarte Malvenfarbe ihrer Unterwäsche aufblitzen, als sie ohne die Vorhänge zuzuziehen das geschäftsmäßige Kostüm gegen ein geblümtes Sommerkleid tauschte. Und die zweite Überraschung rauschte etwas später in einer schweren nachtblauen S-Klasse heran. Goliath Dehmel fuhr ebenfalls in die Tiefgarage der Villa und tauchte kurze Zeit später oben bei Loreley auf. Ja, ja, Geld macht sexy, dachte ich, selbst wenn man so aussah wie Goliath Dehmel.

Ich startete meinen Wagen und fuhr zurück in die Stadt, um bei einem guten Glas Rioja meinen wohlverdienten Feierabend zu genießen, und ertappte mich dabei, wie ich mir eine ganz spezielle Beziehung zwischen Chef und Sekretärin vorstellte.

5

Celine blätterte in dem Dossier, das sie gestern über Dehmel & Brüll angelegt hatte, und zog ein Foto hervor: „Goliath Dehmel ist verheiratet und wohnt in Wellingsbüttel, also auf der ganz anderen Seite der Stadt. Hier ein Foto, zusammen mit seiner Frau auf dem Presseball im „Atlantic“ im Januar.“

Auf dem Foto sah ich eine Frau unbestimmbaren Alters, irgendwo zwischen 30 und 50, deren erstarrtes Gesicht vermutlich mehrfach geliftet war, auch um die Spuren ausufernden Alkoholgenusses zu beseitigen. „Na ja“, sagte ich, „er wäre nicht der erste, der ein Verhältnis mit seiner Sekretärin hat und ihr ein hübsches Liebesnest eingerichtet!“

„Das muss nichts mit unserem Fall zu tun haben“, sagte Celine, „warum sollte Dehmel sich selbst erpressen?“

„Dehmel nicht, aber vielleicht Loreley? Ich will nicht wissen, wie viele Männer dieser Sirene schon zum Opfer gefallen sind. Ich weiß ja nicht, ob sie so verführerisch singt wie ihre berühmte Namensvetterin, aber mal abgesehen von ihren Fingernägeln hat sie jede Menge Vorzüge, die dazu geeignet sind, einen braven Mann ins Verderben zu reißen!“

„Muss ich mir Sorgen um dich machen?“, fragte Celine lachend.

„Vielleicht brauche ich auch ein wenig emotionale Unterstützung von meiner Sekretärin, um unseren Kahn aus der Gefahrenzone zu steuern“, sagte ich.

„Zu Weihnachten back ich dir Kekse!“

„Ich habe da eher an eine Vorführung malvenfarbener Unterwäsche gedacht“, erwiderte ich.

„Warum versuchst du nicht, Loreley abzuwerben“, schlug sie vor.
„Ich fürchte, das übersteigt meine Mittel. Aber sag’ mal, ich mache hier dauernd doofe Scherze, während du noch immer mit dem Verlust deines Freundes kämpfst. Du hältst mich wahrscheinlich für fürchterlich unsensibel.“
„Nein. Das ist schon okay. Mir tut die Arbeit mit dir wirklich sehr gut. Du hast ja gesehen, du hast mich sogar zum Lachen gebracht.“
„Das freut mich“, sagte ich. Ich hatte es schon erlebt, dass mein eher legerer Umgang mit Gefühlen besonders bei Frauen nicht gut ankam und ich als unsensibler, typisch männlicher Verdränger abgestempelt wurde. Und wenn ich ehrlich war: Vielleicht hatten sie da sogar recht! „Aber Scherz beiseite, hast du gestern noch irgendwas von Interesse herausgefunden?“
„Ich war noch bei Ina“, sagte sie. „Die Leute von der BEBA glauben, dass Dehmel & Brüll für Spartakus’ Tod verantwortlich sind.“
Ich schüttelte den Kopf. „Das kann ich mir wirklich nicht vorstellen!“
„Ich auch nicht“, stimmte Celine zu, „aber die Atmosphäre ist nun völlig vergiftet. Die Aktionen werden militanter. Ich hoffe nur, dass niemand dabei zu Schaden kommt.“
„Mist!“ Bedauerlich, dass ich meinen Freund Ariano nicht in die Erpressung einweihen konnte. Ich blätterte weiter in der Mappe, die Celine angelegt hatte, aber auf den ersten Blick gab es nichts, was bedeutsam zu sein schien. Goliath Dehmel stammte aus der Nähe von Magdeburg, war in der DDR aufgewachsen und hatte 1977 im Alter von 25 Jahren „rübergemacht“. Mit Immobilienspekulationen hatte er sich ziemlich schnell hochgearbeitet. Sein Kompagnon David Brüll war gebürtiger Hamburger und

studierter Jurist, ebenfalls verheiratet, mit zwei Kindern, die aber beide nichts mit der Firma zu tun hatten. Ich klappte die Mappe erst mal zu, aber noch bevor ich Gelegenheit hatte, mir den Kopf über mein weiteres Vorgehen zu zerbrechen, rief die schöne Loreley an, um mir zu sagen, dass es neue Post vom Erpresser gab. Sofort fuhr ich hinunter zum „Dockland". Unmittelbar vor dem Gebäude parkten dick und patzig einige Mannschaftswagen. So weit war es also schon, dass die Polizei Präsenz zeigen musste, um Übergriffe auf die Dehmel & Brüll - Zentrale zu verhindern.
Das Busenwunder Bohrschleck erinnerte sich an mich: „Kennen Sie noch den Weg oder soll Frau Lasch Sie abholen?"
„Danke, ich finde mich zurecht", sagte ich. „Was ist denn draußen los?"
„Genau weiß ich das nicht. Es heißt, dass unsere Gegner uns für den Mord an einem Aktionskünstler verantwortlich machen. Autonome Gruppen haben zu gewalttätigen Protesten aufgerufen. Deshalb die viele Polizei." Gesine Bohrschleck bekam eine Gänsehaut und schüttelte sich: „Ist doch gruselig, nicht wahr, hoffentlich passiert nichts Schlimmes!" So wie sie es sagte, klang es, als könne sie es gar nicht erwarten, dass mal etwas Schlimmes passierte.
Im sechsten Stock wurde ich von David Brüll erwartet. Sein Kompagnon war nicht da. Auch von Loreley keine Spur, ihr Schreibtisch im Vorzimmer war verwaist.
„Unglücklicherweise ist Herr Dehmel gerade heute in London. Jetzt kann ich mich alleine um den Mist kümmern. Dieser Brief war heute in der Post!"
„Keine Dummheiten! 500 000 in kleinen Scheinen. Morgen um Punkt vierzehn Uhr. Sie warten am Zebrastreifen Ottenser Hauptstraße/Große Brunnenstraße neben dem roten Papierkorb auf der rechten Straßenseite."

„Und?“, fragte ich. „Wie sieht der Plan aus?“
„Sie werden versuchen, die Erpresser hinzuhalten“, sagte Brüll, „bis wir vollendete Tatsachen geschaffen haben. Wir haben die Vorbereitungen beschleunigt und können schon übermorgen die Verträge unterzeichnen.“
„Also werden Sie auf keinen Fall zahlen“, sagte ich.
„Nein, denn das würde wenig Sinn haben. Wer garantiert, dass die Erpresser dann Ruhe geben? Mittlerweile existieren vielleicht so viele Kopien der Stundenzettel von Draegerbau, dass sie als Flugblätter verteilt werden können. Und wenn wir die Typen erwischen, dann fliegt sowieso alles auf.“
„Das sehe ich auch so. Wir können nicht verhindern, dass die Dokumente an die Öffentlichkeit geraten, allenfalls können wir den Zeitpunkt beeinflussen. Haben Sie eigentlich einen Verdacht, wer Ihnen diesen Schlamassel eingebrockt hat?“, fragte ich ihn.
Brüll schüttelte den Kopf. „Goliath denkt, die REW steckt dahinter, aber ich kann mir nicht vorstellen, dass die mit derart kriminellen Methoden arbeiten. Das ist doch eine seriöse Firma wie wir auch. Es ist einfach zu ärgerlich, dass dieser dämliche Bock ausgerechnet mit Jens Draeger Schwarzgeldgeschäfte abwickelt.“
„Die Rolle der REW habe ich ohnehin noch nicht verstanden“, sagte ich, „erklären Sie's mir.“
„Die REW ist unser Mitbewerber bei vielen großen Ausschreibungen. Die Engländer versuchen immer wieder uns zu übernehmen, wobei ein solcher Skandal den Preis natürlich erheblich drücken würde. Außerdem haben sie sich selbst um den Kauf dieses städtebaulichen Filetstücks im Herzen von Altona bemüht.“
„Aber dann würden die nicht versuchen Sie zu erpressen, sondern hätten das Material ohne Umweg an die Presse gegeben.“

„Das sehe ich genauso. Auch deshalb denke ich, dass Goliath mit seiner Vermutung falsch liegt. Da äußert sich jahrelange Animosität."
„Nur interessehalber, wieso haben Sie eigentlich den Zuschlag erhalten?"
„Wir haben nicht nur das beste Angebot abgegeben, sondern auch den vernünftigsten und sozial ausgewogensten Nutzungsplan präsentiert."
„Wer auch immer dahinter steckt, ich glaube, dass jemand aus Ihrer Firma zumindest beteiligt ist, denn auch wenn die Vorwürfe falsch sind, braucht es dafür Material und Hintergrundinformationen. Haben Sie oder Herr Dehmel hausintern Feinde?"
Brüll sah mich ziemlich missmutig an. „Das könnte natürlich fast jeder oder keiner sein. Es gibt doch immer Leute, die sich vom Chef ungerecht behandelt fühlen, oder? Ich weiß nicht…!"
„Wenn Ihnen etwas dazu einfällt, lassen Sie es mich wissen", sagte ich, „und reden Sie möglichst mit niemandem im Haus darüber, denn jeder kann der Maulwurf sein."
Ich dachte an die schöne Loreley. Vielleicht hatte das Ganze ja auch persönliche Gründe? Vielleicht nahm ein ausgestochener Nebenbuhler es Dehmel übel, dass er bei der Schönen zum Zuge kam, und wollte sich rächen? Vielleicht fühlte sich eine andere Kollegin vom Chef verschmäht und neidete der Lasch das tolle Auto, die schöne Wohnung und die seidene Unterwäsche? Ich nahm mir vor, die Mitarbeiter der Firma genauer unter die Lupe zu nehmen.
„Ich würde gerne meine Sekretärin inkognito, sozusagen als Spitzel, bei Ihnen einschleusen", schlug ich David Brüll vor. „Auf diese Weise können wir uns unauffällig mit Ihren Mitarbeitern beschäftigen."
Brüll nickte. „Ich kann mir zwar nicht vorstellen, dass

jemand von uns in die Sache verwickelt ist, aber schaden kann es ja nicht."
„Sie heißt Celine Schattelein", sagte ich.
Brüll notierte sich den Namen. „Sie soll sich bei der Personalabteilung als Praktikantin melden. Ich leite alles in die Wege."
„Aber zu niemandem ein Wort", ermahnte ich ihn noch mal. „Ach ja, eine Bitte habe ich noch. Melden Sie mich bei Draegerbau an. Ich würde gerne mit dem Verantwortlichen dort reden, denn offensichtlich ist die Sache ursächlich dort schiefgelaufen."
Brüll nickte: „Sprechen Sie mit Jens Draeger persönlich. Ich melde Sie an." Damit verabschiedeten wir uns.
Inzwischen war die blonde Vorzimmersirene an ihren Arbeitsplatz zurückgekehrt. Da hatte ich wohl falsch gelegen mit meiner Vermutung, dass sie Goliath auf seinem Ausflug nach London begleitet hat. „Hallo, 007", gurrte sie, „werden Sie die Welt vor dem Untergang retten?"
Sie stützte das schöne Gesicht dekorativ mit einer Hand. Dabei fielen mir wieder ihre waffenscheinpflichtigen Fingernägel ins Auge. Ihr Scherz mit 007 passte gut. Nur hatte ich es nicht mit Goldfinger, sondern mit Goldfingernagel zu tun! Ihre rasiermesserscharfen Megafingernägel waren hauchdünn mit Blattgold überzogen.
„Die Welt ist nicht genug", antwortete ich lächelnd, „für eine Frau wie Sie müsste man schon den Krieg der Sterne anzetteln!"
Sie lachte und strich mit der Hand durch das lange blonde Haar. „Seien Sie vorsichtig. Die dunkle Seite der Macht kann sehr verführerisch sein!"
„Die schönste Jungfrau sitzet dort oben wunderbar, ihr goldnes Geschmeide blitzet, sie kämmt ihr goldenes Haar."
Sie griff auch dieses Thema auf: „Ich glaube, die Wellen

verschlingen am Ende Schiffer und Kahn; und das hat mit ihrem Singen die Loreley getan."

Unglaublich diese Frau! War das nun eine Drohung oder Koketterie? Oder ging meine Fantasie mit mir durch?

Frau Lasch jedenfalls lachte. „Ein Detektiv mit poetischer Ader, alle Achtung!"

Ich beließ es bei diesen fröhlichen Flirtereien und verabschiedete mich. Bevor ich mich auf den Weg zur Draegerbau machte, rief ich Celine an, um ihr zu sagen, dass sie ab morgen als Miss Undercover bei Dehmel & Brüll im Einsatz sein sollte. „Ich will alles über den Klatsch und Tratsch erfahren, wer mit wem und warum, wer wen nicht leiden kann oder wer sich schlecht behandelt fühlt, einfach alles, ob wichtig oder nicht!"

„Super", rief sie begeistert, „das ist total spannend!"

Die Firma Draegerbau saß in der Gasstraße auf dem ehemaligen Gaswerksgelände. Die alten Industrie-Rotklinkerbauten aus dem 18. Jahrhundert beherbergten unter anderem ein Hotel, einen Fitnessclub und eine kuriose Tanzschule, bei der man unter anderem japanische ChaChaCha-Figuren lernen kann. Über dem Billard-Club „Shovel Road" saß im ersten Stock die Verwaltung der Draegerbau. Eine breite Schwingtür führte mich in ein Großraumbüro. Eine Baufirma kam anscheinend ohne Rezeption aus. Der junge Mann, dessen Schreibtisch in der Nähe des Eingangs stand, fragte, was er für mich tun könne. Ich gab ihm meine Karte: „Wo finde ich Herrn Draeger?"

Er zeigte in Richtung eines mit Glas vom Großraumbüro abgeteilten Raums an der gegenüberliegenden Seite. Jens Draeger, ein relativ junger Mann in Jeans und kariertem Holzfällerhemd, kam mir entgegen. „Sie müssen Freddie Nietsch sein", sagte er, „Herr Brüll hat Sie bereits angekündigt und gesagt, dass wir offen miteinander reden kön-

nen." Er führte mich in sein Büro und schloss die Glastür hinter uns. „Nehmen Sie Platz. Kaffee?"
Ich ließ mich in einen der Sessel fallen und nahm den angebotenen Kaffee.
„Ich nehme an, Sie kennen den Erpresserbrief?"
Draeger nickte. „Außerordentlich ärgerliche Angelegenheit. Das kann uns böse Probleme machen."
„Haben Sie einen Verdacht, kann einer Ihrer Mitarbeiter damit zu tun haben?"
„Natürlich nicht", sagte Draeger, „sonst hätte ich ihn längst zur Rede gestellt." Draeger zögerte einen Moment. „Eigentlich wusste außer mir nur unser Buchhalter, dass wir Herrn Dr. Bock keine Rechnung gestellt haben. Und der Mann arbeitet seit mehr als 25 Jahren zuverlässig bei uns und ist über jeden Zweifel erhaben. Außerdem waren die Arbeiten bei Bock nicht die einzigen, die sozusagen unter der Hand gelaufen sind. Zwar hat Dr. Bock die Arbeiten bezahlt, aber eben in bar und zu einem günstigeren Preis, als es mit Rechnung der Fall gewesen wäre." Draeger lachte. „Eigentlich eine saubere Win-Win-Situation zum Vorteil aller Beteiligten. Sie wissen ja, auf dem Bau nimmt man manche Sachen nicht so genau, wenn Sie verstehen, was ich meine?"
„Auf dem Bau werden immer wieder mal ein paar fiskalisch relevante Taler unter den Tisch fallen gelassen", sagte ich.
„Genau!", nickte Draeger. „Gerade wenn man heutzutage als Bauunternehmer konkurrenzfähig bleiben will, kann man den einen oder anderen pechschwarzen Euro ganz gut gebrauchen."
„Sie meinen, um Schwarzarbeiter aus dem ehemaligen Ostblock bezahlen zu können."
Wieder nickte Draeger und grinste konspirativ. „Ich sehe, Sie verstehen schnell. Das ist leider eine Unsitte, ohne die

man heutzutage nicht mehr konkurrenzfähig ist. Deshalb bleibt einem fast nichts anderes übrig, als ab und an ein Geschäft unter der Hand zu machen."
Ich nickte, obwohl ich die ganze Veranstaltung überhaupt nicht gut fand, denn ich war noch nie ein Freund ausbeuterischer Unternehmer, die auf dem Rücken illegaler Arbeiter und auf Kosten des Steuerzahlers Riesengewinne machten. Auf was für einen schmierigen Handel hatte ich mich da eingelassen? Aber immerhin klang das alles so plausibel, dass auch ich nicht mehr an Bestechung glaubte, obwohl keine Rechnungen vorlagen.
„Können Sie sich vorstellen, dass man es vielleicht auch auf Sie abgesehen hat, statt auf D & B?"
„Aber warum wird dann D & B erpresst und nicht wir? Nein. Außerdem ist die Sache mit dem Bock doch schon vor drei Jahren gewesen", sagte Jens Draeger, „da weiß doch kein Mensch mehr, wie das abgelaufen ist. Wenn jemand uns in die Pfanne hauen wollte, gäbe es da noch ein paar andere Sachen, größer und jüngeren Datums. Ich glaube, es geht um die Probleme rund um den Bahnhof. Draegerbau wird übrigens bei dem Abriss und der Neubebauung des Geländes mit vielen Aufträgen dabei sein."
„Dann kommen Ihnen diese Vorwürfe gegen Sie auch nicht gerade gelegen."
„Solche Sachen kommen nie gelegen. Aber ich habe keinen Zweifel, dass der alte Goliath das Problem vernünftig geregelt kriegt." Draeger grinste. „Bisher hat er immer alles wieder gerade gebogen."
Ich bedankte mich bei Jens Draeger und verabschiedete mich. Nach diesem Gespräch brauchte ich dringend einen Moment Pause und einen guten Schluck, um mir den schlechten Geschmack aus dem Mund zu spülen. Der Mann war mir hochgradig unsympathisch, einer dieser

jungdynamischen, moralfreien Unternehmer, dabei nicht einmal mit besonderer Intelligenz gesegnet.
Mittlerweile war es Mittag geworden. Ich ging ins Untergeschoss, ins „Shovel Road“, setzte mich an die Theke und bestellte ein American Sandwich und ein Duckstein. Die Billardhalle gefiel mir, sie hatte ein sehr amerikanisches Flair, überall standen bunt bemalte, indianische, aus Holz geschnitzte Skulpturen und Modelle von Fünfzigerjahre-Straßenkreuzern. An den Wänden hingen amerikanische Emaillewerbetafeln und aus den Lautsprechern tönte Ry Cooders „Bop till you drop“. Viel war noch nicht los, aber beim Essen kam ich mit einem anderen Gast ins Gespräch, einem ziemlich langen Kerl in schlangenledernen Cowboystiefeln, der sich mir als Freddie vorstellte und mich zu einer Partie Pool einlud.
„Du wirst es kaum glauben“, sagte ich, „aber ich heiße auch Freddie.“
„Auch Friedrich?“
„Nein, Frederic“, antwortete ich.
„Da hast du wohl noch mal Glück gehabt“, sagte mein Namensvetter, während er sein mitgebrachtes Queue aus dem Köfferchen holte und zusammenschraubte.
Ich zog ein Queue aus dem Ständer, prüfte es, wog es auf dem Zeigefinger und griff mir dann die Kreide, um die Spitze einzuschlämmen. Ich gewann den Anstoß, dann brachte Freddie die Kugeln in Stellung.
Mein erster Stoß kam gut, ich hatte die Halben. Mit dem zweiten und dritten Stoß versenkte ich zwei weitere Kugeln. Ich fühlte mich gut und sah mich auf der Gewinnerseite, aber dann patzte ich und musste Freddie den Tisch überlassen. Mein Gesicht wurde immer länger, als er fehlerfrei alle Kugeln versenkte, sodass ich gar nicht erst wieder zum Zug kam. So hatte ich wenigstens keine Gelegenheit mich zu blamieren.

„Ich glaube, es macht nicht viel Sinn, noch mal gegen dich anzutreten", sagte ich.
„Das mag sein, ich spiele hier jeden Tag", sagte Freddie und schlug mir freundlich auf die Schulter. „Nimm's nicht so schwer. Ich muss sowieso wieder nach oben an die Arbeit."
Ich horchte auf. „Wieso nach oben? Arbeitest du bei Draegerbau?"
„Ja, wieso?"
„Ich komme gerade von dort, hatte ein Gespräch mit deinem Chef, Jens Draeger. Was machst du da für einen Job?"
„Ich mache die Disposition, koordiniere die Resourcen auf den verschiedenen Baustellen. Was wolltest du bei uns?"
Ich gab meinem Namensvetter meine Karte.
„Du bist Detektiv. Ist ja interessant!"
„Ich arbeite für Dehmel & Brüll."
Freddie nickte. „Die sind unser wichtigster Kunde. Ohne deren Aufträge könnten wir einpacken. Aber wieso schicken die uns einen Schnüffler?"
Ich zuckte die Achseln. „Da ist 'ne heikle Sache im Busch. Weißt du was über Schwarzarbeiter bei euch in der Firma?"
Freddie überlegte kurz. „Haben wir nicht. Jedenfalls nicht bei den Leuten, die wir selbst einsetzen." Er senkte die Stimme und flüsterte. „Aber wir haben einen Subunternehmer aus Kattowitz, da wird allerhand gemunkelt. Unsere deutschen Kollegen sind ziemlich sauer auf die Polen, sehen sie als Bedrohung für ihre Arbeitsplätze an."
„Das sind sie ja wohl auch", sagte ich.
„Ich finde das auch ziemlich beschissen", sagte Freddie, „aber ich kann da nichts machen. Wenn der Chef die Leute haben will, dann muss ich sie einsetzen. Das hat es zu

Zeiten des alten Draeger nicht gegeben. Der war ein Mann von altem Schrot und Korn, korrekt bis in die Haarspitzen – und seine Arbeiter hat er immer bestens bezahlt und behandelt."

„Jens Draeger hat den Laden von seinem Vater übernommen?"

„Schon vor acht Jahren. Den alten Draeger hat der Herzkasper abrupt aus dem Leben gerissen. Seit sein Sohn die Firma führt, läuft vieles nicht mehr so ab wie früher. Der Junge kriegt den Hals nicht voll."

„So läuft das leider oft."

„Jetzt muss ich aber wirklich an die Arbeit, sonst kriege ich Ärger, hat mich gefreut, dich kennen zu lernen, Freddie."

„Ganz meinerseits, Freddie", sagte ich.

So geheim, wie Jens Draeger glaubte, war die Schwarzarbeit in seiner Firma also doch nicht. Das vergrößerte den Kreis der möglichen Täter noch einmal ganz erheblich. Bevor ich nach Hause fuhr, suchte ich im „Shovel Road" noch mal die Toilette auf, wo ich, nachdem ich beim Billard in Bausch und Bogen untergegangen war, wenigstens noch ein kleines Erfolgserlebnis verbuchen konnte. Im Urinal gab es einen Spritzschutz in Form eines grünen Fußballfeldes. Vor dem Tor hing ein kleiner Ball an einem Band, den man durch geschicktes Anpinkeln ins Tor treiben musste. Ich habe jede Menge Tore erzielt. Großartig!

6

High noon am nächsten Tag. Ich stand pünktlich um vierzehn Uhr an dem Zebrastreifen, in der Hand eine große Reisetasche mit alten Zeitungen. Schließlich hatte ich es nicht weit, mein Büro war gerade mal 20 Meter entfernt. Wie es genau weitergehen würde, wusste ich noch nicht. Das wollte ich entscheiden, wenn die Erpresser sich meldeten. Erst einmal galt es so zu tun, als wäre ich zahlungswillig, um herauszufinden, wie die Gegenseite sich die Geldübergabe vorgestellt hat. Dann konnte ich die Aktion noch immer platzen lassen. In dem roten Papierkorb an dem Laternenpfahl neben dem Zebrastreifen klingelte ein Handy. Passenderweise war der Klingelton „Es geht ein Bi-Ba-Butzemann in unserem Kreis herum, Fidebum". So gab es keinen Zweifel, dass der Anruf für mich war. Auch schienen die Erpresser einen gewissen Sinn für Humor zu haben. Ich musste eine Weile im klebrigen Müll wühlen, bis ich das Telefon herausgeklaubt hatte. Die ekligen Reste einer Portion Pommes rot/weiß hingen mir an den Fingern. Beim zweiten „Fidebum" nahm ich ab. „Der Geldbote!", meldete ich mich.

„Wie gut", sagte eine dumpf klingende Stimme, „Sie nehmen es sportlich." Der Anrufer hielt sich offenbar ein Tuch vor den Mund.

„Dehmel & Brüll haben mich mit der Abwicklung dieser leidigen Angelegenheit beauftragt", sagte ich. „Ich mache also nur meinen Job. Deshalb lassen Sie uns sachlich miteinander reden!"

„Das klingt gut", antwortete der Bi-Ba-Butzemann, „wir wickeln das ganz professionell ab." Er lachte. „Da habe ich Ihnen sozusagen den Job besorgt!"

Ich knurrte: „Aber Sie erwarten jetzt keine Dankbarkeit von mir:"
„Das muss nicht sein", sagte der Butzemann, „aber ein vernünftiger Umgang miteinander erleichtert unsere Aufgabe ungemein."
Zumindest handelte es sich bei meinem Plauderpartner nicht um eine ungebildete Dumpfbacke, dazu drückte er sich zu gewählt aus. „Bevor Sie mich jetzt durch die Pampa galoppieren lassen – denn ich nehme an, das werden Sie tun – würde ich gerne zwei, drei Punkte klären."
„Schießen Sie los!"
„Wie garantieren Sie mir, dass ich bei Zahlung alle belastenden Unterlagen von Ihnen bekomme? Natürlich die Originale. Und wie kann ich sicher sein, dass Sie keine Kopien behalten, um die Kuh später weiter zu melken?"
„Garantien haben Sie keine", sagte der Butzemann, „Sie werden meinem guten Wort vertrauen müssen."
„Na toll", sagte ich. „Da kann ich die Mäuse auch gleich in die Elbe werfen!"
„Denken Sie doch mal nach", forderte der Butzemann mich auf. „Die ganze Sache ist doch nicht mehr lange heiß. Sind die Verträge erst unterschrieben und haben D & B vollendete Tatsachen geschaffen, kräht doch kein Hahn mehr danach, ob beim Verkauf alles mit rechten Dingen zugegangen ist. Dann taugen die Dokumente nicht mal mehr als Klopapier, weil die ganze Nummer tot ist wie ein Falscher Hase!"
Der Butzemann war zum gleichen Schluss gekommen wie David Brüll. Und er wusste anscheinend noch nicht, dass bereits am nächsten Tag die Verträge unterzeichnet würden.
„Wenn Sie das sagen", knurrte ich. „Sie könnten aber auch das Geld nehmen und die Dokumente trotzdem an die Presse geben. Vielleicht schlachten Sie die Zahlungs-

bereitschaft von Dehmel & Brüll sogar noch als Schuldeingeständnis aus."

Der Mann wurde langsam ungeduldig: „Ich könnte alles Mögliche. Ihnen bleibt nichts anderes übrig, als mir zu vertrauen. Was ist nun, wollen Sie zahlen oder nicht?"

„Schon gut", wiegelte ich ab, „was soll ich tun?"

„Gehen Sie zum Bahnhof und steigen Sie in die S-Bahn Richtung Dammtor. Ich melde mich wieder!" Der Butzemann legte auf.

Ich wischte das klebrige Handy ab und wickelte es in ein Tempotuch. Dann schaute ich mich unauffällig um. Wahrscheinlich lauerte einer der Butzemänner irgendwo in der Nähe und beobachtete mich. Aber mir fiel nichts auf. Also marschierte ich los. Mein Gemüsehändler ordnete die Auslage draußen vor seinem Laden. „Was hast du vor Freddie?", fragte er und zeigte auf die Tasche. „Willst du verreisen?"

„Schön wär's, ich geh nur zum Training", sagte ich.

„Würde mir auch gut tun", sagte er und klopfte auf seinen Bauch. Aber ich schaffe es nicht, den inneren Schweinehund zu überwinden."

Ich lachte. „Deine Frau kocht zu gut."

An der nächsten Ecke kam mir Heinz auf seinem getigerten Fahrrad entgegen. „Was hast du vor Freddie? Willst du verreisen?"

„Nein", sagte ich wieder, „ich geh nur zum Training."

„Ich habe deine Bremsklötze", sagte Heinz, „wenn du willst, kann ich sie gleich einbauen."

Heinz reparierte immer für kleines Geld mein Fahrrad. „Keine Zeit heute, lass uns das die Tage machen." Ich machte mit der linken Hand das Zeichen für „wir telefonieren" und ging weiter, oder, besser gesagt, ich versuchte weiterzugehen. Denn nur wenige Schritte später sprang der Schäferhund meiner Freundin Elisa vor Freude

kläffend an mir hoch.
„Hey Freddie, was hast du vor? Willst du verreisen?“, fragte Elisa.
Noch bevor ich „Nein, ich geh nur zum Training“ sagen konnte, klingelte wieder das Handy. „Alles okay“, fragte der Butzemann, „sind Sie in der Bahn?“
„Wo denken Sie hin“, sagte ich, „ich bin noch immer auf der Ottenser Hauptstraße.“
„Wollen Sie mich verarschen?“, fragte der Butzemann ärgerlich, „oder sind Sie fußkrank? Sie müssten längst dort sein!“
„Normalerweise schon“, sagte ich, „aber ich treffe andauernd Bekannte, die mich aufhalten, weil sie wissen wollen, ob ich verreise. Wegen der großen Tasche, die ich schleppe! Sie wollten doch kleine Scheine!“
Der Butzemann knurrte: „Keine schlauen Tricks, sonst gibt's Ärger. In zehn Minuten sitzen Sie in der Bahn!“
Mittlerweile war Elisa mit dem Hund weitergezogen. Ich sputete mich und ging auf alle weiteren Fragen nur noch abwinkend ein. Vor dem „Mercado“ und dem Bahnhof gab es den üblichen Massenauflauf, sodass ich mich nur mit Mühe durch die Menge drängen konnte. Ein BEBA-Sprecher mit Megafon forderte die Bildung von Mahnwachen und rief zum Widerstand gegen den Abriss und die Verlegung des Bahnhofs auf. Drinnen hörte ich, wie die S-Bahn schrill quietschend einfuhr. Deshalb rannte ich, ohne eine Fahrkarte zu lösen, die Treppe runter und sprang in den Zug. Kaum war ich in der Bahn, schlossen sich zischend die Schiebetüren und der Zug rollte los. Zum Glück war der Waggon nicht besonders voll, sodass ich mich in einen Sitz fallen lassen konnte. Während ich auf den Anruf des Erpressers wartete, standen drei der Fahrgäste auf und verteilten sich unter den Passagieren. Mir schwante nichts Gutes! Es waren Kontrolleure in

zivil: „Kontrolle, Ihren Fahrausweis bitte!“
Das hatte mir gerade noch gefehlt! Sollte ich den Typen erklären, warum ich keine Fahrkarte hatte? Besser nicht. Ohne viel Worte drückte ich dem Kontroletti meinen Personalausweis in die Hand. Ich fühlte mich an meine Studentenzeit erinnert, als ich aus Geldmangel manchmal schwarzgefahren war. Die 40 Euro würden Dehmel & Brüll übernehmen müssen. Blöderweise rief auch genau in diesem Moment der Butzemann an. Bevor er loslegen konnte, unterbrach ich ihn: „Moment! Rufen Sie in fünf Minuten noch mal an. Ich bin gerade in einer Fahrkartenkontrolle ohne Fahrkarte!“
„Ich glaub’s nicht“, sagte der Erpresser, „Sie sind wahrscheinlich der unfähigste Geldbote, den diese Idioten finden konnten! An der Sternschanze steigen Sie um in die U-Bahn Richtung St. Pauli. Aber lösen Sie besser ein Ticket, sonst wird das heute nichts mehr mit unserem Geschäft!“
Der Kontrolleur gab mir Ausweis und Zahlschein und verschwand an der Holstenstraße in den nächsten Waggon. Ich fuhr eine Station weiter zur Sternschanze, zog am Automaten eine Fahrkarte und stieg um in die U-Bahn. Natürlich dauerte es nicht lange, bis das Handy wieder den „Bi-Ba-Butzemann…“ zu dudeln anfing. Obwohl ich das Gespräch schnell annahm, hatte eine Horde kräftig angetrunkener Touristen, die auf den Plätzen vor mir saßen, die Melodie erkannt und grölten laut mit!
„Was ist das nun wieder für ein Krawall?“, fragte der Erpresser irritiert.
„Das ist nun Ihre Schuld“, sagte ich, „wenn Sie nicht so einen bescheuerten Klingelton ausgesucht hätten.“
„Steigen Sie …..“ Der Rest des Satzes ging im allgemeinen Butzemann-Gesang unter.
„Was? Ich verstehe Sie schlecht.“

„Steigen Sie St. Pauli aus und warten Sie auf weitere Anweisungen!“
Die Sängerknaben verließen mit mir zusammen die Bahn. Allmählich reichte es mir. Ich begann darüber nachzudenken, wie ich mich aus der Affäre ziehen und die Geldübergabe auf einen späteren Termin verschieben konnte, ohne dass der Erpresser Absicht vermutete. Der Mann sollte ja den guten Glauben an meine Zahlungswilligkeit nicht verlieren. Aber je später ich ausstieg und je näher ich der Geldübergabe kam, desto besser, denn dann wäre das, was er für heute vorbereitet hatte, verbrannt und er würde mehr Zeit für die Vorbereitung einer neuen, für ihn sicheren Übergabe brauchen.
Ich musste nicht lange auf dem zugigen Bahnsteig warten.
„Gehen Sie auf das Heiligengeistfeld. Dort ist gerade Dom. Nehmen Sie den Rundgang rechts ziemlich weit in Richtung Feldstraße“, befahl der Butzemann.
„Wie lange wollen Sie mich noch herumscheuchen?“, maulte ich. „Die Tasche ist schwer. Da hätte ich auch an der Feldstraße aussteigen können!“
„Für wie blöd halten Sie mich eigentlich? Wenn ich es Ihnen zu leicht mache, scheuchen Sie mir die Polizei auf den Hals! Aber keine Sorge, Sie werden sich schon nicht überanstrengen.“ Er legte auf.
Er glaubte also, dass ich verkabelt war und in ständigem Kontakt mit der Polizei stand. Anscheinend hatte der Mann zu viele Krimis gesehen. Mittlerweile war ich sicher, dass er alleine arbeitete und mich nicht beobachtete. Das sprach wiederum dafür, dass der Butzemann ein ganz profaner Erpresser und keiner von den Anarchos war, denn die traten immer rudelweise auf.
Der Hamburger Dom, einer der größten Jahrmärkte Deutschlands, hatte so früh am Tag gerade erst geöffnet und war nur schwach besucht. Ich kam an einem

Kinderkarussell vorbei, das sich zu den Klängen von – wie sollte es anders sein – „Es geht ein Bi-Ba-Butzemann" drehte. Das Handy stimmte fröhlich in die Melodie ein: „Ich habe Sie jetzt im Auge", sagte mein Butzemann.
Ich blickte suchend in die Runde.
„Sie werden mich nicht sehen", sagte der Erpresser. „Gleich erreichen Sie die Geisterbahn. Kaufen Sie eine Karte und legen Sie die Tasche in den Wagen Nummer 13. Sie fahren nicht mit! Haben Sie das verstanden?"
„Ich bin ja nicht blöd", antwortete ich. „Wie kriege ich die Unterlagen?"
„Sobald ich das Geld habe, sage ich Ihnen, wo die Papiere liegen. Fünf Minuten später haben Sie alles in der Hand."
In der Tat war ich schon fast bei der Geisterbahn. Ich hörte schon den riesigen Polyester-KingKong brüllen, der mit einer halbnackten Blondine in der Hand winkte, um Kunden anzulocken. Jetzt brach mir doch der Schweiß aus. Nicht etwa, weil ich mich vor KingKong fürchtete oder die Polyester-Blondine in seiner Hand so scharf fand, sondern weil ich noch immer keinen echten Plan hatte, um die Aktion schnell und unverdächtig abzubrechen, zumal der Typ mich jetzt beobachtete. Während ich mir fieberhaft den Kopf zerbrach und nach einer Lösung suchte, kam mir eine Gruppe Halbwüchsiger entgegen, die sich einen fröhlichen Nachmittag auf dem Dom gönnen wollten. Aber leider musste ich den Kids den Spaß verderben. Eines der Mädchen, ein Teenager in einem weißen, kurzen Kleidchen, neckte sich herumalbernd mit einem der Jungen. Als wir aneinander vorbeiliefen, fuhr ich blitzschnell den Fuß aus und stellte ihr tückisch ein Bein, sodass sie der Länge nach in den Staub fiel. Um das Maß voll zu machen, zischte ich noch: „Kannst du nicht aufpassen, du Schlampe!"
Das hübsche, weiße Kleid war ziemlich ruiniert. Der

Junge, mit dem sie herumgealbert hatte, hinderte mich am Weitergehen. „Du suchst Streit, Alter! Das hast du mit Absicht gemacht. Das Kleid wirst du bezahlen!“
„Was kann ich dafür, wenn ihr Trottel nicht aufpasst und über meinen Fuß stolpert!“ Ich tat so, als wolle ich weitergehen, aber die ganze Gruppe umringte mich. Der Butzemann hatte gesehen, dass ich ein Problem hatte und ließ das Handy klingeln. „Was ist denn da los?“, fragte er.
„Ich werde hier von einer Jugendgang angegriffen“, sagte ich.
„Verdammte Scheiße!“ Er legte gleich wieder auf.
Mittlerweile waren die Jungens dazu übergegangen, mich zu beschimpfen und zu schubsen. Unser kleines Gerangel hatte sofort zwei Hüter des Gesetzes auf den Plan gerufen, die auf dem Dom patrouillierten. „Auseinander! Was soll das?“
„Der Mann hat mir ein Bein gestellt“, sagte das Mädchen, „und weigert sich, mir mein Kleid zu ersetzen!“
„Die Kleine ist gestolpert“, sagte ich, „und das wollen diese Deppen mir in die Schuhe schieben. Und dann sind die gleich auf mich losgegangen!“
So beschimpften und beschuldigten wir uns eine Weile begleitet vom Gebrüll KingKongs, bis es den Bullen zu viel wurde. „Wenn Sie sich nicht gütlich einigen wollen, müssen Sie mitkommen, um Ihre Personalien aufzunehmen!“
Ich frohlockte heimlich, still und leise. Das war genau das, was ich hören wollte. So zogen wir im Pulk ab und überließen die weiße Frau in der Hand des Riesenaffen ihrem Schicksal. Der Erpresser musste gesehen haben, dass ich unfreiwillig aufgehalten worden war, und sollte keinen Zweifel an unserer Zahlungsbereitschaft hegen.
Auf dem Parkplatz am Millerntorstadion diente ein Kleinbus als provisorische Einsatzzentrale. Dort ange-

kommen zückte ich meine Karte: „Ich muss mich bei Ihnen allen entschuldigen, aber ich war in einer Notlage und sah keinen anderen Ausweg. Selbstverständlich bekommt die junge Dame ein neues Kleid und für den Ärger eine ordentliche Entschädigung.“ Nachdem die Kids mit einem netten Sümmchen für einen spaßigen Dombummel versehen abgezogen waren, bat ich die Polizisten, Ariano im Präsidium anzurufen. Als mein Freund hörte, worum es ging, machte er sich sofort auf den Weg, um mich abzuholen.

Eine halbe Stunde später saßen wir in der „Quaestoria“.

„Das war mal wieder einer deiner beschissenen Alleingänge“, schimpfte Ariano. „Hättest du mich ins Boot geholt, säße der Typ wahrscheinlich längst hinter Schloss und Riegel!“

„Meine Auftraggeber wollten keine Polizei“, sagte ich, „und daran war ich gebunden.“

„Wir haben doch ganz andere technische Möglichkeiten als du. Wir hätten das Handy anpeilen oder die Geldtasche präparieren können.“

„Da ist kein Geld in der Tasche“, sagte ich, „nur Zeitungspapier. Dehmel & Brüll wollten auf keinen Fall zahlen. Wir wollten den Mann auch nicht festsetzen, sondern es ging darum Zeit zu gewinnen. Ich sollte den Erpresser lediglich hinhalten. “

„Na, das ist dir wenigstens gelungen“, maulte Ariano.

Und da hatte er recht. Noch während ich bei der Polizei auf dem Heiligengeistfeld saß, rief der Butzemann wieder an und wollte wissen, was Sache war. Ich schob ihm den Schwarzen Peter zu, weil er schließlich diesen völlig ungeeigneten Platz für die Geldübergabe ausgewählt hatte. Zwar beschimpfte er mich, ich habe es vermasselt, aber er ging noch immer davon aus, dass wir vorhatten zu zahlen, und kündigte an, sich am nächsten Tag wieder zu melden. Ich rechnete allerdings nicht damit, dass er den zweiten Versuch der Geldübergabe gleich am nächsten Tag steigen lassen würde, denn bestimmt brauchte er mehr Zeit für die Vorbereitung. Deshalb verbuchte die Aktion als vollen Erfolg.

„Die ganze Veranstaltung ist in meinen Augen sehr dubios. Irgendwas stimmt da nicht! Wo ist eigentlich deine neue Sekretärin?“, fragte Ariano. „Hast du sie schon wieder entlassen?“

„Celine ist seit heute undercover unterwegs, als Praktikantin bei Dehmel & Brüll. Sie soll sich ein bisschen bei den Mitarbeitern umhören.“

„Ab jetzt sitzen wir im selben Boot“, sagte Ariano. „Wir stehen morgen früh hier bei dir auf der Matte und verkabeln dich. Wenn der Butzemann wieder anruft, peilen wir ihn an!“

„Fragt sich nur, wie ich das meinen Auftraggebern erkläre. Die wollten keine Polizei.“

„Dann hättest du mich auch nicht anrufen dürfen, um dir aus der Patsche zu helfen.“

Also doch wie im Krimi, dachte ich.

7

Aber am nächsten Morgen hatte sich die Lage zu unser aller Überraschung grundlegend geändert und der Zwang zur Geheimhaltung hatte sich erledigt. Schon in aller Frühe weckte mich der Anruf von Ariano: „Hast du schon die Zeitung gelesen?“

„Um diese Uhrzeit kann ich noch gar nicht lesen“, erwiderte ich.

„Du hast deinen Erpresser wohl doch vergrätzt“, sagte er dann. „Auf allen Hamburger Tageszeitungen prangt die Schlagzeile: Bestechungsskandal! Dehmel & Brüll erschleichen den Zuschlag für das Bahngelände mit illegalen Mitteln!“

Jetzt war ich hellwach: „Scheiße!“

„Wir lassen die Fangschaltung für Anrufe auf dem Handy des Butzemanns trotzdem bestehen, vielleicht meldet der Kerl sich ja doch noch mal.“

Natürlich dauerte es nicht lange, bis David Brüll anrief und mich anschnauzte, ich hätte die Nummer versaut. Dabei hörte sich seine elektronische Sprechhilfe, mit der er weder laut sprechen noch irgendwie modulieren konnte, doppelt gemein, fast unheimlich an: „Offensichtlich hat der Butzemann sich doch von Ihnen hingehalten gefühlt und nicht mehr an eine Zahlung geglaubt.“

„Verdammt“, sagte ich, „gestern klang das aber noch ganz anders. Ich weiß auch nicht, was da schiefgegangen ist.“

„Wir haben für heute Vormittag zur Krisensitzung gerufen“, sagte Brüll. „10 Uhr hier im Konferenzraum. Dort erwarten wir Ihre Stellungnahme.“

Damit hatte ich nach dem Verlauf des gestrigen Nachmittags nicht gerechnet. Wie ist der Butzemann darauf gekommen, dass wir nicht vorhatten zu zahlen? Was war schiefgelaufen? Aber die größte Überraschung stand noch aus! Ich war gerade unter der Dusche hervorgekommen und stand triefend im Bad, als das Butzemannlied ertönte. Barfuß, nass und nackt tappte ich ins Nebenzimmer und nahm ab: „Warum haben Sie das getan?“, fragte ich sofort. „Jetzt wird die Kuh keine Milch mehr geben!“

„Ich war das nicht, verdammte Scheiße“, sagte der Butzemann, „ich bin doch nicht bescheuert!“

„Hören Sie auf, wer soll denn sonst das Material an die Presse weitergeleitet haben?“, fragte ich. „Verarschen kann ich mich selber!“

„Ich habe gedacht, dass Sie das waren“, sagte der Butzemann, „dass Sie ein doppeltes Spiel spielen, weil Sie mit der Bürgerinitiative sympathisieren!“

„Wie kommen Sie denn darauf? Wir spielen hier doch kein absurdes Theater!“

Ich versuchte, den Mann weiter ins Gespräch zu verwickeln und in der Leitung zu halten, um Arianos Leuten bei der Ortung die bestmögliche Unterstützung zu geben.

„Was soll ich denn jetzt mit den 500.000 machen?“

„Die können Sie mir ja trotzdem geben“, sagte der Butzemann.

„Das hätten Sie wohl gern.“

„Oder wir teilen“, schlug er vor. „Sie können ja dann behaupten, Sie hätten schon gestern alles übergeben.“

„Ich habe meinen Auftraggebern bereits Bericht erstattet, dass die Übergabe gestern geplatzt ist. Und die haben mich heute morgen zur Schnecke gemacht, weil sie dachten, ich hätte die Sache verpatzt.“

„Also dann, leben Sie wohl!“ Der Butzemann legte auf.

Sofort rief ich von meinem Telefon Ariano an. „Habt ihr ihn?“

„Wir waren nahe dran“, sagte Ariano, „aber es hat noch nicht ganz gereicht. Leider hat er das Handy ausgeschaltet. Sobald er es wieder einschaltet, können wir ihn orten, auch wenn er nicht telefoniert. Falls er das Telefon aber vernichtet oder entsorgt, kommen wir nicht näher an ihn ran.“
„Was heißt nahe dran?“
„Der Anrufer hat sich zur Zeit des Gesprächs mit dir im Umkreis der Großen Bergstraße aufgehalten“, sagte Ariano.
„Also kommt das „Dockland“ nicht infrage“, dachte ich laut.
„Ganz sicher nicht“, sagte Ariano. „Dann schon eher die Leute im Frappant!“
Mir fiel wieder Spartakus ein. „Also wohl doch ein Zusammenhang mit dem Tod von Spartakus Schlenz.“
„Kann man so vermuten“, sagte Ariano, „muss aber nicht sein!“
„Aber ich glaube nach wie vor nicht an einen Zufall. Wir reden später weiter. Meine Auftraggeber haben mich zum Rapport zitiert, ich muss jetzt los.“
„Melde dich“, sagte Ariano und legte auf.
Im Auto stellte ich das Radio ein, aber statt mich mit fetziger Mucke aufzumuntern, zog auch das Radioprogramm mich runter, weil von nichts anderem als meinem Problem geredet wurde. Gerd Kuka vom NDR berichtete live von den Tumulten vor dem Bahnhof. „Eine große Menge Demonstranten blockiert den Zugang zum Bahnhof. Die Bürger fühlen sich verschaukelt und zum Spielball der Finanzinteressen von Immobilienspekulanten degradiert. Und nach den heutigen Nachrichten sieht es zunächst nicht danach aus, als würden die Verträge mit dem Großinvestor Dehmel & Brüll wie geplant unterschrieben. Damit zurück ins Funkhaus!“

Auch vor dem „Dockland“ demonstrierte eine aufgebrachte Menge, wurde aber von der Polizei davon abgehalten, ins Gebäude vorzudringen. Ich parkte mein Auto sicherheitshalber ein paar Hundert Meter weiter und mogelte mich durch die Reihe der Demonstranten. Gesine Bohrschleck genoss mit roten Wangen die Aufregung. Ich nickte ihr zu und fuhr mit dem Aufzug in den sechsten Stock. Den Weg zum Konferenzraum kannte ich ja schon von meinem ersten Besuch. Diesmal war ein ganzer Krisenstab versammelt. Außer David, Goliath und Loreley waren es aber alles mir unbekannte Gesichter.
„Können wir kurz in kleinem Kreis reden?“, fragte ich die beiden Geschäftsführer.
„Wenn es sein muss“, knurrte Goliath Dehmel schlecht gelaunt. „Gehen wir in mein Büro.“
„Der Bürgermeister hat vorhin angerufen und uns mitgeteilt, dass die Verträge bis auf weiteres auf Eis liegen“, sagte David Brüll.
Als wir den Konferenzraum verließen, hätten wir beinahe Celine umgerannt, die Getränke und Kaffee servierte. Ich tat so, als nähme ich keine Notiz von ihr.
„Ich habe noch mal mit dem Erpresser telefoniert“, sagte ich, als wir die Tür hinter uns geschlossen hatten, „er hat das Material nicht an die Presse gegeben!“
„Behauptet er“, schnarrte Brüll mit seiner Roboterstimme.
„Warum sollte er lügen, was hätte er davon? Er ärgert sich genauso wie wir. Sein Geschäft ist weggebrochen.“
„Hmmh“, und was steckt Ihrer Meinung nach dahinter?“, fragte Dehmel.
„Das kann ich Ihnen natürlich auch nicht sagen, es gibt da mehrere mögliche Gedankenspiele.“
„Dann spielen Sie mal, welche sind das?“, hakte Goliath ungeduldig nach.
„Die Stundenzettel von Draegerbau waren von Anfang an

zur Veröffentlichung bestimmt. Jemand wollte Sie bloßstellen, die Erpressung war eher ein Zufallsprodukt und nicht geplant. Ich bin sicher, es gibt einen Maulwurf hier in der Firma, irgendjemanden, der Ihnen aus persönlichen oder geschäftlichen Gründen übelwill. Deshalb wollte ich auch im kleinen Kreis mit Ihnen beiden sprechen. Finden wir diesen Maulwurf, dann wissen wir, wer das Material an die Presse gegeben hat."

Beide nickten.

„Dahinter stecken könnte auch ein Konkurrent, etwa die REW oder sogar die BEBA, aber auch auf die Gefahr mich zu wiederholen: Ohne einen Insider geht nichts."

Die beiden schwiegen eine Weile. „Was schlagen Sie vor, wie sollen wir weiter vorgehen?" David Brüll setzte sich.

„Zunächst sollten Sie nach außen Schadensbegrenzung betreiben. Lassen Sie Dr. Bock und Jens Draeger schwören, dass alles mit rechten Dingen zugegangen ist! Ich nehme an, Sie wissen, dass es keine Rechnungen gegeben hat, weil Bock die Draegerbau mit Schwarzgeld bezahlt hat, das Draeger wiederum zur Entlohnung illegaler Arbeitskräfte eingesetzt hat. Die beiden werden also auch in Erklärungsnotstand geraten!"

„Dieser gierige, kleine Idiot! Zu Zeiten seines Vaters wäre das nicht passiert, der hätte sich nicht auf so miese Geschäfte eingelassen. Die Karre sitzt ziemlich tief im Dreck", schimpfte Goliath Dehmel. „Wirklich ärgerlich, dass wir jetzt durch das Fehlverhalten dieses Trottels Probleme haben!"

„Dr. Bock hat mir gesagt, dass er Jens Draeger durch Ihre Vermittlung kennen gelernt hat. Aber ich glaube auch nicht an einen Zufall", sagte ich. „Wer hat hier im Haus gewusst, dass Dr. Bock auf der Suche nach einer Baufirma war, die ihm sein Haus renoviert?"

„Ich glaube nur wir beide", sagte Brüll. Dehmel sah aus,

als wollte er noch etwas sagen, nickte dann aber missmutig.
„Ich denke, da war noch jemand im Film. Diese Person hat gewusst, dass Draeger es mit den Abrechnungen nicht so genau nimmt, und hat diese Informationen weiter gegeben. Als dann klar war, dass sie für eine Erpressung benutzt werden und nicht wie geplant an die Öffentlichkeit kamen, wurden die Unterlagen noch einmal losgeschickt, und zwar anonym an die Presse. Die Erpressung war nicht geplant, sondern, wenn man so will, ein Betriebsunfall." Ich blickte von einem zum anderen. „Und ich werde herausfinden, wer dahinter steckt."
Während David Brüll wieder nickte, schüttelte Goliath Dehmel den Kopf. „Herr Nietsch, Sie haben mich bisher nicht überzeugt. Ich denke, wir sollten Ihnen das Mandat entziehen."
„Wie Sie wollen!"
„Halt! Stopp!" David Brüll wandte sich an seinen Partner. „Das ist keine gute Idee. Herr Nietsch soll weitermachen. Ich glaube, er hat recht, wir haben einen Maulwurf hier im Haus und der muss neutralisiert werden. Willst du etwa noch jemand anderen beauftragen?"
„Nein, aber vielleicht können wir das Problem mit Bordmitteln lösen." Dehmel schwieg für einen Moment und schien nachzudenken. „Ich gebe Ihnen eine Woche", lenkte er dann ein. „Wenn ich bis dahin keine Resultate sehe, ist der Job für Sie gestorben!"
Obwohl es mich nervte, auf diese Weise unnötig in Zeitdruck zu geraten, stimmte ich zu. Dann gingen wir hinüber in den Konferenzraum, um die Außendarstellung zu koordinieren und eine Pressekonferenz vorzubereiten. Noch auf dem Flur klingelte mein Handy.
„Wo bist du?", fragte Ariano.
„Bei D & B", sagte ich, „auf dem Weg zur Krisensitzung."

„Dr. Bock ist tot!“, sagte Ariano. „Seine Putzfrau hat ihn gefunden.“

„Ermordet?“

„Sieht nicht so aus, wahrscheinlich eher ein Schlaganfall oder Herzinfarkt, wir wissen noch nichts Genaues. Allerdings ist das doch ein sehr merkwürdiger Zufall, gerade jetzt.“

„Vielleicht war die ganze Aufregung zu viel für ihn. Ich bin in 20 Minuten da“, sagte ich und legte auf.

„Das war die Polizei. Dr. Bock ist tot.“ Ich blieb stehen.

„Verdammt!“, entfuhr es Goliath Dehmel. David Brüll war blass geworden und stützte sich mit einer Hand an der Wand ab. Beide sahen mich fragend an.

„Todesursache unbekannt, die Polizei ermittelt noch. Ich fahre eben rüber. Ich denke, Ihre Konferenz läuft auch ohne mich. Halten Sie mich auf dem Laufenden, ich melde mich, sobald ich Genaues weiß.“ Ich machte mich unverzüglich auf den Weg und ließ meine Auftraggeber verdattert zurück.

Unten auf der Straße vor dem „Dockland“ war es inzwischen noch ungemütlicher geworden. Die Menge der Demonstranten war deutlich gewachsen und skandierte in Sprechchören „Dehmel & Brüll auf den Müll!“, „Immobilienhaie zu Fischstäbchen!“ und „Turbokapitalisten raus!“. Die Polizei hatte große Mühe, die Masse davon abzuhalten das Gebäude zu stürmen. Vereinzelt flogen Flaschen oder Steine.

„Wie komme ich hier am besten unbeschadet raus?“, fragte ich Gesine Bohrschleck, die das muntere Treiben mit großen Augen verfolgte.

„Nehmen Sie den Ausgang auf der Rückseite“, sagte sie und zeigte auf die Beschilderung „Notausgang“. „Immer diesen Schildern folgen, ist nicht zu verfehlen.“

Kurze Zeit später stand ich auf einem schmalen Weg, der

mich von der Rückseite des Gebäudes auf die Straße führte, sodass ich im Rücken der Menge landete, von wo aus ich ohne Probleme mein Auto erreichte.

Dr. Bock wohnte in der Lutherhöhe, einer ruhigen Straße in Bahrenfeld kurz vor der Autobahnauffahrt. Die Adresse war nicht zu übersehen, weil Ariano und sein Team die Straße vor dem Haus ziemlich zugeparkt hatten. Vor der Tür traf ich Kurry. „Wie sieht's aus?", fragte ich ihn.

„Wie ein natürlicher Tod", sagte Kurry, „wir haben bisher keinen Hinweis auf Fremdeinwirkung gefunden."

„Das meinte ich nicht", sagte ich grinsend, „ich hatte an Celine Schattelein gedacht! Ist sie noch verdächtig? Oder brauchst du inzwischen keinen Vorwand mehr, um sie zu nerven?"

„Das geht dich gar nichts an!", knurrte er.

„Doch", sagte ich, „schließlich fühle ich mich für das Wohlergehen meiner Angestellten verantwortlich. Die Frau hat gerade erst ihren Freund verloren."

„Ihr seid eine infantile Bande. Müssen hier alle immer auf meinen Nerven rumtrampeln?", sagte er dann. „Warum haltet ihr euch aus meinen Privatsachen nicht einfach raus?"

„Schon gut", wiegelte ich ab. „Ich wusste nicht, dass sich das schon herumgesprochen hat und dich alle damit aufziehen."

„Die Leiche liegt in der Küche, dort findest du auch den Chef." Kurry ließ mich stehen und ging zu den Autos. Die Spurensicherung war mit ihrer Arbeit schon fast fertig.

Ariano stand in der Küche neben der Leiche von Dr. Bock. „Der Mann wollte sich anscheinend gerade ein Fertiggericht in der Mikrowelle heiß machen, als ihn das Schicksal ereilte und er tot umfiel."

Der Tisch war für eine Person gedeckt und hinter der Glasscheibe der Mikrowelle konnte man eine Pizza

Quattro Stagione erkennen.
„Zum Glück ist die Mikrowelle irgendwann durchgeschmort, sonst wäre womöglich noch das ganze Haus abgefackelt."
„Du hast wohl noch nie eine Mikrowelle besessen", sagte Ariano. „Die Dinger haben alle eine Zeitschaltuhr, die rückwärts zählt. Eigentlich können die gar nicht durchschmoren oder einen Brand auslösen."
„Aber dieses Gerät sieht doch so aus, als sei da irgendwas verschmort." Ich zeigte auf die teilweise schwarz angelaufene Scheibe. „Du hast allerdings recht, ich habe noch nie so ein Teil besessen", gab ich zu, „das Essen aus der Mikrowelle soll doch auch nicht gerade gesund sein. "
„Ich finde sie ganz praktisch", sagte Ariano.
„Hast du dich schon umgesehen?", fragte ich meinen Freund.
„Nur flüchtig. Es sieht ja nicht so aus, als wäre die Sache für die Mordkommission interessant. Ohne die Bestechungsvorwürfe gegen den Mann wären wir hier erst gar nicht aufgetaucht."
„Was dagegen, wenn ich auch eine Runde drehe?"
„Tu dir keinen Zwang an. Ich denke, wir brechen unsere Zelte demnächst ab."
Ich wanderte durchs Haus und schaute in jeden Raum. Besonderes Augenmerk widmete ich dem Arbeitszimmer. Die Einrichtung war scheußlich, der Schreibtisch und ein großes Bücherregal Eiche altdeutsch. Einen Computer schien er nicht zu besitzen. Auch seine Büchersammlung legte die Vermutung nahe, dass Bock ein ziemlich konservativer Mann gewesen war. Mein Blick blieb an einem kleinen Korb mit Kram hängen, der im Bücherregal stand. Neben allerlei Kleinzeug wie Schlüsseln, einem Reiseschachspiel, einem Streichholzbriefchen mit Werbeaufdruck der „Funny Sauna" und einigen Einweg-Feuer-

zeugen lag dort nämlich eine kleine Dampflokomotive, das Modell einer BR 24 im Maßstab H0. Genau diese Lokomotive hatte ich als Junge besessen.
Natürlich fragte ich mich, was ein Mann wie Dr. Bock mit einer Modelleisenbahn-Lokomotive im Arbeitszimmer anfing. Wahrscheinlich hatte es mit seinem Job bei der Bahn zu tun.
Ariano riss mich aus meinen Betrachtungen. „Wir warten die Obduktion ab, um Klarheit über die Todesursache zu bekommen, aber der erste Eindruck spricht für einen natürlichen Tod."
„Wie du schon gesagt hast: Merkwürdig ist es, dass er gerade jetzt tot umfällt, wo er Wesentliches zur Aufklärung der Bestechungsvorwürfe beitragen könnte."
„Deshalb sind wir auch mit dem großen Bahnhof angerückt", sagte Ariano.
„Was ist mit seiner Familie?"
„Er lebte alleine. Seine Frau ist vor ein paar Jahren an Brustkrebs gestorben. Er hinterlässt zwei erwachsene Kinder. Wir haben seinen Sohn angerufen, der müsste jeden Moment hier eintreffen. Die Tochter hat in die USA geheiratet."
„Der arme Hund", sagte ich. „Am Dienstag habe ich noch mit ihm geredet, aber da wirkte er schon ziemlich nervös."
„Du hast mit ihm geredet?" Ariano war überrascht.
„Mit Dr. Bock wie auch mit Jens Draeger von Draegerbau. Ich musste mir doch ein möglichst vollständiges Bild von allen Beteiligten machen", sagte ich.
„Und? Wie sieht es aus, dein Bild?"
„Er hat mir natürlich versichert, dass Dehmel & Brüll in den Deal mit Draegerbau nicht involviert waren. Allerdings hat er Jens Draeger über seine Kontakte zu Dehmel & Brüll kennen gelernt. Er hat dann angeblich die Sanierungsarbeiten mit Schwarzgeldern in bar bezahlt.

Draeger hat mir so was bestätigt."
„Da stellt sich natürlich trotzdem die Frage, wo er so eine Menge Schwarzgeld her hat." Ariano schüttelte den Kopf. „Das müssen wir natürlich den Kollegen von der Steuerfahndung stecken! Der Mann war quasi Beamter. Wenn er größere Summen in bar zur Verfügung hatte, gibt das doch sehr zu denken."
Ich nickte nachdenklich. „Da hast du sicher recht. Aber warte noch, bis wir hier mit unserem Fall weitergekommen sind, das wird so oder so nicht lange dauern", bat ich meinen Freund. „Goliath Dehmel hat die Keule rausgeholt und gibt mir nur noch eine Woche, also bis zum nächsten Wochenende, sonst entzieht er mir den Auftrag."
Ariano nickte zustimmend. „Wir wollen die Pferde nicht unnötig scheu machen."

8

Ich hatte gerade das Haus verlassen und wollte mein Auto starten, als Ariano mit den Armen rudernd hinter mir her gelaufen kam. „Warte! Der Butzemann hat das Handy wieder eingeschaltet. Wir können ihn über GPS orten. Willst du mitkommen?“
„Das fragst du?“, sagte ich und stieg wieder aus. „Kommen wir wieder hierher zurück?“
„Wahrscheinlich nicht. Wieso?“
„Weil mein Auto hier steht. Vielleicht kann einer von deinen Jungs es nach Ottensen fahren und mir den Schlüssel in den Briefkasten werfen!“
„Übernimm du das“, sagte Ariano zu Ketchup, der gerade einen Instrumentenkoffer in einen der Polizeiwagen lud.
Im Handumdrehen saßen wir in Arianos Wagen und düsten mit Blaulicht los. „Die Kollegen haben mir das Signal auf das Navi gelegt“, sagte Ariano und zeigte auf einen blinkenden Punkt auf dem Monitor. „Anscheinend weiß der Butzemann nicht, dass wir ihn lokalisieren können, wenn das Telefon eingeschaltet ist.“
Die rasende Fahrt ging stadteinwärts über die Bahrenfelder Chaussee und die Stresemannstraße. Der blinkende Punkt bewegte sich nur langsam, als sei er zu Fuß unterwegs. Unter der Sternbrücke bogen wir rechts ab in die Max-Brauer-Allee. Weil wir schon ziemlich nahe dran waren, stellte Ariano Blaulicht und Sirene ab. Jetzt lotste uns das Navi nach links vorbei an der St. Johanniskirche in die Wohlers Allee. Auf dem alten Kopfsteinpflaster wurden wir durchgeschüttelt wie auf einer Waschbrettpiste. Auf Anhieb fiel uns ein Fußgänger auf, der etwa in Höhe des Punktes auf dem Navi in Richtung Thadenstraße

lief. Ich traute meinen Augen nicht! Es war mein spezieller Freund, der Punk mit den drei Hunden, von denen einer mir neulich vor die Füße geschissen hatte. Den Mann, der ein paar Meter weiter gemächlich ebenfalls in Richtung Thadenstraße radelte, ignorierten wir.
Ariano fuhr rechts ran. „Zugriff!", rief er. Wir sprangen aus dem Auto. „Stehenbleiben, Polizei!" Wir stürzten uns auf den völlig überraschten Punk. Ariano drehte ihm einen Arm auf den Rücken, und noch ehe der Mann sich von seinem Schock erholen konnte, trug er Handschellen. Seine Hunde bellten und knurrten drohend. Ich wich zwei Schritte zurück. Ariano zog seine Waffe und zielte auf die Hunde. „Pfeif deine Köter zurück, sonst werde ich schießen", drohte er.
Der Punk bekam jetzt Panik und gab sich alle Mühe, seine Hunde zu beruhigen. „Ey, was soll denn das? Spinnt ihr! Nicht schießen! Was wollt ihr denn von mir?"
Mittlerweile war es eng geworden in der Wohlers Allee, weil von allen Seiten Polizeiwagen eintrafen.
Der Punk jammerte wie ein Waschweib, während Ariano ihn schnell durchsuchte. „Was macht ihr für ein Ding wegen ein bisschen Hundescheiße auf dem Bürgersteig?"
„Wo ist das Handy?", fragte Ariano.
„Ich hab' kein Handy geklaut. Was soll ich mit 'nem Handy?"
Mist! Da stimmte was nicht. Der Fahrradfahrer war abgesessen, hatte die kleine Seitenpforte zum Wohlers Park, einem ehemaligen Friedhof, geöffnet und schaute kurz zu uns herüber, bevor er sein Fahrrad hindurch schob. Dabei trafen sich unsere Blicke.
„Das darf doch nicht wahr sein", rief ich aus, „das ist Crix Schnabel!" Ich stieß Ariano den Ellenbogen in die Seite. „Wir haben den falschen Mann. Komm, schnell!"
„Oh, Mist", entfuhr es Ariano.

Wir ließen den Punk mit Hunden und Handschellen stehen und hasteten zu der Pforte. Crix war gerade mal zwanzig Meter weiter gekommen.

„Halt, stehenbleiben, Polizei!“, rief Ariano.

Crix zögerte einen Moment, wog ab, ob sich ein Fluchtversuch lohnte, und entschied sich dann fürs Stehenbleiben.

„Hey!“, rief er. „Was soll denn das?“ Natürlich hatte er mich erkannt.

Wir schlossen schnell zu ihm auf. „Sie sind vorläufig festgenommen“, sagte Ariano, „wegen des dringenden Tatverdachts der Erpressung.“

„Sie sind ja verrückt! Wie kommen Sie auf diesen Schwachsinn?“ Er schaute mich an. „Sagen Sie ihm, wer ich bin.“

„Das habe ich schon getan“, sagte ich. „Aber Sie tragen das Beweisstück mit sich herum und waren auch noch so dumm es einzuschalten.“

Ariano hatte ein paar dünne Handschuhe aus Zellophan übergestreift: „Sie erlauben!“ Er griff Crix in die Jackentasche und zog das Handy hervor, die gleiche Marke wie meines aus dem Papierkorb.

„Es wird Sie wahrscheinlich nicht trösten, aber ich hätte auch nicht gewusst, dass ein Handy auch dann zu orten ist, wenn man nicht telefoniert. Sie waren zu knauserig. Sie hätten auf das Restguthaben verzichten und das Handy einfach ausgeschaltet in die Elbe werfen sollen. Dann hätten wir Sie niemals erwischt. Aber nach der misslungenen Erpressung mussten Sie wohl etwas sparsamer sein.“

„Das Handy habe ich gefunden“, sagte Crix, „Sie können mir gar nichts nachweisen!“

„Das wird Ihnen niemand glauben“, sagte Ariano. „Außerdem haben wir einen Mitschnitt Ihres Telefonats von heute morgen mit Herrn Nietsch. Und obwohl Sie wahrscheinlich ein Tuch vor den Mund gehalten und Ihre Stimme verstellt haben, können wir technisch nachweisen, dass Sie es waren, der gesprochen hat."

„Man muss wissen, wann man verloren hat", sagte ich zu Crix. „Wer hat Ihnen die Informationen über Dr. Bock und die Draegerbau gegeben? Und war Spartakus auch mit von der Partie?"

Crix nickte. „Die Erpressung war Spartakus' Idee. Ich weiß nicht, von wem er die Unterlagen hatte. Wahrscheinlich ist er deswegen ermordet worden!"

„Sie machen es sich aber sehr leicht", sagte ich, „alles auf Ihren toten Freund zu schieben. Ich glaube eher, dass Sie Spartakus erschlagen haben, weil er sich geweigert hat, bei Ihrem schmutzigen Geschäft mitzumachen."

„Jetzt wollen Sie mir auch noch den Mord anhängen. Ich will sofort einen Anwalt sprechen. Vorher sage ich nichts mehr."

„Das ist Ihr gutes Recht", sagte Ariano. Wir gingen zurück zur Straße. Der Hauptkommissar verfrachtete Crix in einen der Streifenwagen. „Ich bringe ihn ins Präsidium und halte dich auf dem Laufenden. Willst du nach Hause gefahren werden?"

„Nicht nötig", sagte ich, „es sind ja nur ein paar Meter. Ein kleiner Spaziergang tut mir jetzt gut. So kann ich mich ganz gut sortieren."

„Und was ist mit mir?" Der Punk trug noch immer die Handschellen und stand geschockt schlotternd inmitten seiner Hunde.

„Du hast wohl noch mal Glück gehabt", sagte Ariano. „Lasst ihn laufen", rief er seinen Kollegen zu.

Ich lachte. „Immer brav alles einsammeln, wenn die Hündchen 'n Haufen gemacht haben, dann kommt so was auch nicht mehr vor", konnte ich mir nicht verkneifen zu sagen, bevor ich durch die Seitenpforte den ehemaligen

Friedhof Norderreihe wieder betrat. Der stillgelegte, zum Park umgewandelte Friedhof beherbergt zahlreiche alte Gräber und ist sehr romantisch angelegt. Es gibt sogar ein Mausoleum, die Grabstätte von Conrad Daniel von Blücher-Altona, der Altona während der Belagerung Hamburgs im Jahr 1814 vor der Zerstörung durch die Franzosen rettete. Von Blücher-Altona war einer der wenigen illustren Träger des Elefantenordens, des höchsten und ältesten dänischen Verdienstordens, der nur für herausragende Leistungen verliehen wurde, unter anderem an Nelson Mandela, Habib Bourgiba oder Josip Tito. Heute stehen zwischen den altehrwürdigen Grabsteinen junge Leute auf der Wiese und trainieren Tai Chi, proben fürs Theater oder spielen mit ihren kleinen Kindern. Besonders bei der alternativen Szene ist der Wohlers Park sehr beliebt.

Auf einem der alten Grabsteine saß eine junge Frau im Schneidersitz und meditierte. Ich verließ das Gelände bei der St. Johanniskirche, in der immer wieder so unchristliche Events wie Modenschauen oder Konzerte stattfinden. „Crix Schnabel", dachte ich. „Wenn man's weiß, liegt es nahe. Es geht doch nichts über gute, alte Freunde, dann braucht man keine Feinde." Viele der BEBA-Leute würden ihn zum Märtyrer machen, weil sie glaubten, man hätte einem der Ihren was angehängt. Es wurde Zeit, mit Celine zu reden, nicht nur, um zu erfahren, was sie bei D & B herausgefunden hat, sondern auch, um ihre Meinung zu Crix und Spartakus zu hören. Aber zuerst galt es, meine Auftraggeber zu informieren. Ich zückte mein Handy und wählte die Nummer von David Brüll.

Natürlich hatte ich erst einmal Loreley Lasch am Ohr: „Hallo, Herr Nietsch", sagte sie, „wie ich gehört habe, sind Sie in Ungnade gefallen!"

„Das ist nicht von Dauer", sagte ich. „Bitte stellen Sie

mich zu Herrn Brüll durch."
„Nicht zum Scherzen aufgelegt heute", sagte die Schöne süffisant und leitete meinen Anruf weiter. Nach einer kurzen, dynamischen Pausenmusik war David Brüll in der Leitung. „Wir haben den Erpresser", sagte ich. „Er wird gerade von der Polizei verhört."
„Wissen Sie denn schon, von wem er seine Informationen hatte?", fragte Brüll.
„Noch nicht. Er behauptet, er sei durch den ermordeten Spartakus Schlenz an das Material gekommen. Aber die Polizei wird ihn weiter in die Mangel nehmen."
„Und was ist mit Dr. Bock?"
„Da haben wir noch nichts, wir müssen die Obduktion abwarten", sagte ich.
„Scheiße", meinte David Brüll. „Sie glauben ja nicht, was bei der Pressekonferenz hier los war!"
„Ich kann's mir vorstellen."
„Die haben uns in der Luft zerrissen." Brülls elektronische Sprechhilfe klickte vor jedem Wort, weil er sich so heftig aufregte.
„Wie geht es nun weiter?"
„Das wissen wir noch nicht. Die Vertragsunterzeichnung ist jedenfalls erst einmal ausgesetzt", schnarrte Brüll, „bis die Lage geklärt ist. Ich hatte Ihnen ja schon gesagt, dass der Bürgermeister persönlich angerufen und eine umfassende Klärung der Vorwürfe verlangt hat."
„Es ist also genau das eingetreten, was Sie befürchtet haben", sagte ich.
„Finden Sie heraus, wer dahinter steckt, je schneller, desto besser. Jeder Tag Verzögerung kostet uns einen Haufen Geld", sagte Brüll so eindringlich, wie er es mit seiner elektronischen Sprechhilfe konnte. „Außerdem erleiden wir einen beträchtlichen Imageschaden und Vertrauensverlust in der Branche."

„Ich bin am Ball." Damit legte ich auf.
Mittlerweile war ich wieder beim Amtsgericht. Ich rief kurz bei Celine an.
„Hallo, Papa", sagte sie, als ich mich meldete. „Ich bin gerade bei der Arbeit." Im Hintergrund hörte ich Stimmengemurmel. Sie konnte also nicht reden.
„Wir sehen uns heute nach Feierabend im Büro."
„Ist gut, Papa." Celine lachte und legte auf.
Ich überholte einen ganzen Pulk schnatternder Oberstufenschüler vom gegenüberliegenden Gymnasium Allee.
Obwohl der Weg durch den Lessingtunnel wenig einladend ist, bog ich in die Julius-Leber-Straße ein, die direkt auf ihn zuführt. Der alte Tunnel diente schon Generationen von Tauben als beliebter Nistplatz. Die fliegenden Ratten hausen schön warm auf Rohren, die unter der Tunneldecke verlaufen. Ständig muss man damit rechnen, von oben bombardiert zu werden. Der Tunnelboden ist mit Taubendreck derart verkrustet, dass auch die regelmäßige Reinigung nicht ernsthaft dagegen ankommt. Trotzdem hat der Tunnel eine nostalgische Qualität, vor allem, wenn Züge darüber hinwegdonnern. Wer hat nicht als Kind unter der Eisenbahnbrücke gestanden und so laut geschrien, wie er konnte? Die Züge machten einen solchen Lärm, dass sie alles andere übertönten.
Hinter dem Tunnel waren es nur noch wenige Meter bis zum Altonaer Bahnhof. Der große Trubel war zunächst abgeklungen. Eine kleine Gruppe von Aktivisten betrieb noch immer einen Infostand und hielt Mahnwache. In einer Nebenstraße parkten unauffällig drei Mannschaftswagen der Polizei. Wenn ich ehrlich war, so fand ich es nicht schlecht, dass das Geschäft für D & B zunächst einmal geplatzt war. Zu undurchsichtig waren die Geschäfte meiner Auftraggeber. Wenn alles mit rechten Dingen zugegangen war, sollten die Herrschaften gerne ihre

Geschäfte machen. Als Steigbügelhalter für krumme Dinger wollte ich mich allerdings nicht missbrauchen lassen.
Am Weg kaufte ich noch ein paar leckere Kleinigkeiten beim Bäcker und machte es mir dann im Büro vor dem Computer gemütlich, um im Internet die aktuellen Nachrichten zu lesen.
Natürlich wurde in aller Ausführlichkeit über die Bestechungsvorwürfe und den Tod von Dr. Bock berichtet. Es gab die üblichen Stellungnahmen aller Beteiligten, Unschuldsbeteuerungen oder Kommentare mit dem Tenor „das habe ich doch immer schon gewusst". Kurz darauf tauchte endlich Celine auf.
„Hallo, Papa", sagte sie, „wartest du schon lange?"
„Nein, mein Kind", sagte ich. „Gib deinem Papa zur Begrüßung ein Küsschen. Du siehst übrigens toll aus in dem Kostüm. Ich wusste gar nicht, dass du so was hast!"
„Das hättest du wohl gern", lachte sie, „und lass das Süßholzraspeln. Der Kontakt zu Goliath Dehmel hat wohl auf dich abgefärbt!"
„Wieso?", fragte ich.
„Der dicke Widerling geht alle Frauen in der Firma an", sagte Celine. „Ich habe die wildesten Geschichten über ihn gehört. Zum Glück hat er mich in Ruhe gelassen. Die Erpressung ist ihm wohl auf die Libido geschlagen. Ich wäre sonst keine Minute länger in dem Laden geblieben."
„So schlimm?"
Sie setzte sich mir gegenüber an den Schreibtisch. „Aber ich habe viel zu berichten. Die zwei Tage undercover waren sehr ergiebig."
„Dann schieß los", sagte ich und lehnte mich zurück.
„Erst mal du. Ich habe gehört, ihr habt den Erpresser verhaftet? Wer ist es?"
„Das wirst du nicht gerne hören." Ich runzelte die Stirn.

„Ariano hat Crix festgenommen!“
„Nein!“, rief Celine, „das kann nicht sein!“
„Leider doch. Es gibt keinen Zweifel. Er hatte das Telefon des Erpressers bei sich, hat bereits gestanden und belastet Spartakus.“
„Das ist nun wirklich unmöglich.“ Celine schüttelte heftig den Kopf. „Spartakus hätte sich niemals an einer Erpressung beteiligt. Er hätte die Vorwürfe veröffentlicht und versucht, damit den Bahnhof zu retten. Ich verstehe das alles nicht.“
„Meinst du, es könnte zwischen Spartakus und Crix zum Streit über die Verwendung des Materials gekommen sein?“, fragte ich sie.
„Du denkst, dass Crix ihn erschlagen hat?“ Sie schaute mich zweifelnd an. „Er war sein bester Freund. Ich weiß überhaupt nicht mehr, was ich denken soll!“
„Dann erzähl doch erst mal, was du so als Miss Undercover herausgefunden hast.“
Sie seufzte. „Wie ich schon sagte, in der Hauptsache ging es um Goliath Dehmels Verhältnis zu den Frauen. Das fing schon bei der Personalsachbearbeiterin Frau Kaluppke an“, sagte Celine. „Die Frau hatte mich auf dem Zettel, wunderte sich aber, dass ich über Herrn Brüll in den Laden kam. ‘Normalerweise kümmert sich Herr Dehmel gerne persönlich um die Praktikantinnen’, sagte sie mit einem anzüglichen Lächeln. Ich habe gleich nachgefragt, wie sie das meinte, aber sie wollte das nicht weiter kommentieren. Ich sagte dann nur noch lachend: ‘Mein Name lautet aber nicht Monica Lewinski’, worauf sie mir empfahl, Herrn Dehmel aus dem Weg zu gehen. Frau Kaluppke brachte mich in den fünften Stock und stellte mich den Kollegen der Abteilung Immobilienverwaltung vor, denen ich für die Dauer meines Praktikums zur Hand gehen sollte. Ich bekam einen Arbeitsplatz zugewiesen

und teilte mir ein Büro mit einer ganz netten Sachbearbeiterin namens Birgit. Da wir etwa gleichaltrig sind, duzten wir uns auf Anhieb. Birgit schien sich über meine Gesellschaft zu freuen und war recht gesprächig.
'Frau Kaluppke hat mich vor dem Chef gewarnt', erzählte ich ihr. 'Goliath Dehmel soll so ein schlimmer Frauenheld sein.'
Birgit nickte. 'Dabei ist er ein echt hässlicher Kerl', sagte sie leise. 'Aber manchen ist das wohl egal, Hauptsache die Kasse stimmt. Und großzügig soll er ja sein, wenn man in seiner Gunst steht.'
'Wie meinst du das?', fragte ich sie.
Birgit flüsterte nur noch, schien aber einen höllischen Spaß am Tratschen zu haben. 'Es heißt, er hat der Bohrschleck vom Empfang die Titten bezahlt!'
'Das gibt's doch nicht', staunte ich.
'Doch. Als Gesine hier angefangen hat, war sie Assistentin der Geschäftsführung. Sie hat damals auch nicht mehr gehabt als du oder ich. Es wurde schon immer einiges gemunkelt, weil Goliath Dehmel immer um sie herumscharwenzelte, und dann war sie für ein paar Tage weg und als sie wieder aufkreuzte, schob sie diesen mächtigen Busen vor sich her! Lange ging das aber nicht gut, denn schon bald tauchte Loreley auf und Gesine wurde an den Empfang versetzt.'
'Ach, du meine Güte', sagte ich, 'ich hätte nie geglaubt, dass Frauen so was machen!'"
„Das ist ja echt der Hammer", unterbrach ich Celines Erzählung. „Nicht nur Loreley Lasch, sondern auch Gesine Bohrschleck! Der Dicke hat es sich echt gut gehen lassen!"
„Aber viel weiter haben die dicken Dinger sie auch nicht gebracht", sagte Celine, „denn er hat sie ja wohl für Loreley abserviert."

„Darüber ist die Bohrschleck bestimmt nicht begeistert gewesen“, vermutete ich.
„Das mag sein“, sagte Celine, „aber jetzt lass mich doch mal weiter erzählen.“
„Okay, okay.“ Ich überließ das Wort wieder meiner Undercover-Agentin.
„Am frühen Nachmittag gab es einen Engpass am Empfang, die Kollegin von Frau Bohrschleck hatte sich krank gemeldet. Frau Kaluppke hat dann mich gebeten, den Telefondienst zu übernehmen, sodass ich den Rest des Nachmittags neben Miss Dicke Dinger verbracht habe. Und die Gute ist ganz schön zickig. Sie hat mich anscheinend sofort als Konkurrentin eingestuft und mich behandelt wie das Aschenbrödel. Einmal kam Loreley Lasch vorbei. Ich sage nur: Wenn Blicke töten könnten, wären beide auf der Stelle umgefallen.“
„Also gibt es eine starke Rivalität zwischen den beiden Frauen“, sagte ich.
„Jedenfalls war es mir durch die Arbeit am Empfang nicht erspart geblieben, die Bekanntschaft von Herrn Dehmel zu machen, und für heute wurde ich schon nach oben in den sechsten Stock beordert und als Serviermieze eingesetzt, wie du ja gesehen hast.“
„Kein Wunder, dass du dem alten Lustmolch gleich aufgefallen bist“, sagte ich.
„So bin ich jedenfalls mittendrin in der Höhle des Löwen. Solange Goliath mich in Ruhe lässt, ist das ganz gut. Wenn es irgendwie unangenehm wird, schmeiße ich den Job hin“, sagte Celine.
„Das halte ich für unwahrscheinlich. Ich nehme an, er weiß, dass du meine Mitarbeiterin bist. Zwar habe ich nur mit Brüll über dich gesprochen, aber warum sollte der ihm das verheimlichen? Seit wann hat Crix eigentlich seine Fußverletzung?“

Celine nickte. „Keine Ahnung, ich weiß nichts von einer Fußverletzung. Ich kann immer noch nicht glauben, dass er der Erpresser ist. Das haut mich echt um."
„Grüble nicht", sagte ich. „Ich will noch um die Ecke was essen gehen. Wenn du Lust hast, komm mit. Ich lade dich ein."
„Danke, das ist nett", sagte Celine, „aber ich kann heute nicht. Ich bin schon verabredet. Kurry und ich gehen ins Kino!"
„Hey, der gute Kurry wirft sich ja mächtig ins Zeug."
„Ach, das ist nur so", sagte Celine, „er ist einfach nur nett und will mir helfen, dass mir alleine zu Hause nicht die Decke auf den Kopf fällt."
„Ich würde gerne mal mit jemandem von der BEBA reden. Du kennst die Leute doch ganz gut. Hast du einen Tipp für mich?"
„Ruf doch Ina an. Die kann dir bestimmt weiterhelfen."
Celine holte ihr Adressbüchlein aus der Handtasche und schrieb mir Inas Nummer auf einen Zettel. Dann machte sie sich auf den Weg. Ich war zufrieden mit meiner neuen Mitarbeiterin und fand, dass sie sich ziemlich clever angestellt hatte. „Sieh da", dachte ich, „der gute Kurry bleibt am Ball!" Das ging mich zwar nichts an, aber irgendwie nagte es an mir. Schließlich war Celine meine Mitarbeiterin. Hatten die denn bei der Polizei keine netten Kolleginnen?
„Was wollt ihr sehen?", fragte ich.
„'Willkommen bei den Schtis', im Zeise", sagte sie, „der soll richtig komisch sein."
„Dann viel Spaß", sagte ich. „Grüß Kurry von mir."
Celine verabschiedete sich.

9

In dieser Nacht schlief ich schlecht. Mehrmals schreckte ich schweißgebadet aus einem total chaotischen Albtraum auf. Ich wurde verfolgt von Frauen, die mich mit rasiermesserscharfen Fingernägeln aufschlitzen wollten, und gerade wenn ich dachte, ich sei diesen Furien entkommen, landete ich in Bergen von riesigen Brüsten, zwischen denen ich zu ersticken drohte. Verzweifelt rief ich um Hilfe, aber Celine saß mit Kurry auf einem Baum und lachte mich aus. Immer wieder öffnete ich Türen, um mich dahinter zu verstecken, aber immer war Goliath Dehmel schon da, nackt, in seiner ganzen fetten Pracht: „Eine Woche!“, rief er drohend und scheuchte mich wieder raus. „Eine Woche!“ Am nächsten Morgen fühlte ich mich wie gerädert. Trotzdem war ich früh auf den Beinen, denn obwohl es Wochenende war, wurde ich die innere Unruhe nicht los. Da bei D & B nicht gearbeitet wurde, blieb auch mir nichts anderes übrig, als eine Pause einzulegen und mich um die gewöhnlichen Dinge des Alltags zu kümmern. So erledigte ich meine Einkäufe und rief dann bei Ina an. Sie war von Celine schon auf meinen Anruf vorbereitet worden und wusste sofort, worum es ging. Wir verabredeten uns für den Nachmittag im „Café Olé“, einem kleinen, leicht angeschmuddelten Café im Herzen Ottensens. Obwohl der Name spanisch klingt und es allerlei eher italienisch angehauchte Speisen gibt, wird es von einem Inder geführt, mit dem ich mich gerne unterhalte und der mir mal erzählt hat, dass seinem Onkel das „Metropolitan Restaurant“ in Pahar Ganj gehört, an das ich mich gerne erinnere, weil ich dort bei meinem Aufenthalt in New-Delhi fast täglich zum Essen gegangen bin.

Noch immer war es warm genug, dass ich trotz des schattigen Platzes und der harten Holzbänke ohne Rückenlehnen lieber draußen als drinnen saß. In Hamburg gilt eine so lange sonnige Phase schon fast als unheimlich und die Leute geraten in Sorge wegen der Erderwärmung und der Klimakatastrophe. Zwar hatte ich eine Zeitung dabei, fand aber nicht die Ruhe sie zu lesen, sondern beobachtete lieber die Passanten auf dem Platz vor dem Café. Pünktlich zum vereinbarten Termin bog eine junge Frau in Begleitung eines etwa sechzigjährigen, grauhaarigen Mannes um die Ecke und kam direkt auf mich zu.
„Hallo, Freddie. Ich bin Ina und das ist Eduardo“, stellte sie sich und ihren Begleiter vor. „Eduardo ist Sprecher der BEBA. Ich habe ihn mitgebracht, weil er am besten über die Initiative Bescheid weiß.“
Wir schüttelten einander die Hände. „Ich hoffe, es ist hier draußen für euch okay? Sonst können wir auch reingehen“, bot ich an.
„Nein, nein“, sagte Eduardo, „bei dem Wetter …“
„Was wollt ihr trinken? Ich lade euch ein.“
„Tequila Sunrise.“ Eduardo war anscheinend auch nicht zum ersten Mal im Olé.
„Gute Idee, den nehme ich auch“, sagte Ina.
Ich bestellte drei Sunrise.
Nach kurzem Smalltalk kamen wir zur Sache.
„Ihr kennt Crix, Spartakus und Celine besser als ich. Wie schätzt ihr die Lage ein, nachdem jetzt herausgekommen ist, dass Crix Schnabel D & B erpresst hat?“
„Das hat geschockt“, sagte Eduardo. „Ehrlich gesagt konnte ich das erst gar nicht glauben. Ich dachte, die Polizei will ihm da was anhängen, um uns mundtot zu machen.“
„Das ging mir nicht anders“, pflichtete Ina ihm bei. „Niemals hätte ich ihm so etwas zugetraut. Hat er denn so

große finanzielle Probleme?“
„Von seiner Kunst kann und konnte er jedenfalls nicht leben. Damit kommt er kaum über die Runden. Ich glaube, ihm muss das Wasser echt bis zum Hals stehen, sonst hätte er nicht so’n Scheiß gemacht.“ Eduardo schüttelte den Kopf.
„Obwohl – genug Geld zu haben, um sorgenfrei malen zu können – das würde mir auch gut gefallen. Da kann man schon in Versuchung kommen, auch wenn man grundsätzlich kein schlechter Mensch ist.“ Ina hob ihr Glas und nahm einen guten Schluck, und wir taten es ihr gleich.
„Crix sagt, die Erpressung war Spartakus’ Idee. Ihm sei das Material zugespielt worden. Nach dessen Tod wollte Crix das Ding dann alleine durchziehen.“
„Von Spartakus kann ich mir das überhaupt nicht vorstellen. Der war doch absolut integer“, sagte Eduardo.
„Noch gestern hätte ich dasselbe auch über Crix gesagt“, wandte Ina ein.
„Der verdammte Kapitalismus“, schimpfte Eduardo, „offenbar ist keiner gegen die Verlockungen des Geldes gefeit.“
Ich zuckte die Achseln. „Ausnahmen gibt es immer, aber ansonsten sehe ich das genauso. Letztlich scheint alles eine Frage des Preises zu sein.“
„Aber Spartakus? Sein ganzes Leben als Künstler war doch darauf ausgerichtet, den Finger in Missstände zu legen und darin herumzubohren. Der hätte doch vor sich selbst total das Gesicht verloren und mit dieser Erpressung alles entwertet, was er bisher geleistet hat. Ich kann’s mir einfach nicht vorstellen.“
„Ich glaube auch nicht, dass er daran beteiligt war.“ Ich leerte mein Glas und bestellte eine neue Runde. Das Zeug schmeckte teuflisch gut. „Vielmehr denke ich, dass Crix Schnabel seinen Freund in einem Wutanfall erschlagen

hat, weil dieser die Vorwürfe gegen D & B für seine Aktionen nutzen und veröffentlichen wollte und nicht auf den Plan einer Erpressung eingegangen ist."

„Mein Gott", stöhnte Ina, „er war sein bester Freund."

„Vielleicht hat Spartakus ja in der Hitze des Streits auch Dinge gesagt, die seinen Freund tief getroffen haben", sagte ich. „Niemand kann einen so hart treffen wie ein enger Freund oder Verwandter."

Eduardo hatte seinen zweiten Sunrise schon fast geleert und machte dem Kellner Zeichen, Nachschub zu servieren. „Die ganze Sache ist für unsere Bürgerinitiative Fluch und Segen gleichzeitig."

„Wie das?"

„Einerseits verzögern sich jetzt alle Planungen um die Verlegung des Bahnhofs und den Bau des neuen Stadtviertels. Dadurch haben wir Zeit gewonnen, um die Dimensionen dieses Projekts ins Bewusstsein einer breiteren Öffentlichkeit zu bringen, wodurch sich unsere Chancen, mehr Einfluss zu nehmen, deutlich verbessern. Andererseits ist unserer Gemeinschaft menschlich gesehen durch Crix' Verfehlung ein harter Schlag zugefügt worden."

„Gibt es eigentlich noch andere Möglichkeiten? Ich meine, wenn wir mal davon ausgehen, dass Crix die Wahrheit sagt und er Spartakus nicht umgebracht hat. Gibt es innerhalb der BEBA noch weitere Leute, die damit irgendwie in Verbindung gebracht werden könnten?"

Eduardo und Ina schauten sich fragend an.

„Eigentlich unwahrscheinlich", sagte Eduardo, „nicht einmal ich habe Genaueres über das Projekt der beiden gewusst. Da ist nichts nach draußen gesickert. Von den Vorwürfen gegen D & B war jeder in der Initiative, mit dem ich bisher geredet habe, genauso überrascht wie ich selbst. Aber du weißt ja: Das Leben ist eine Baustelle."

„Und du, Ina? Du bist doch mit Celine befreundet. Wie war die Beziehung der beiden? Gab es vielleicht noch eine andere Frau?“
„Nicht, dass ich wüsste. Das hat die Polizei mich auch schon gefragt. Ich glaube aber nicht. Und sagen wir mal so: selbst wenn. Celine und Spartakus hatten eine ziemlich unaufgeregte, ruhige Beziehung, ohne großen Streit und Dramatik. Du kennst ja Celine mittlerweile auch. Die eifersüchtige Furie liegt ihr nicht im Blut. Dazu ist sie einfach nicht der Typ.“
„Ich dachte auch nicht an Celine, sondern an eine geheimnisvolle Unbekannte.“
Ina schüttelte verneinend den Kopf. „Wohl eher nicht.“
Wir waren unterdessen mit dem dritten Sunrise fast durch. Der Kellner fragte erst gar nicht, sondern stellte die nächste Runde auf den Tisch. Mir war schon leicht dröhnig zumute und auch Ina legte leichte Artikulationsprobleme an den Tag. Nur bei Eduardo zeigte sich noch keine Wirkung.
„Wie ist eigentlich die BEBA organisiert“, fragte ich ihn.
„Total basisdemokratisch als lockerer Zusammenschluss verschiedener Gruppen. Neben der Organisation größerer gemeinsamer Aktionen macht jede Gruppe ihr eigenes Ding. Es gibt niemanden, der das Sagen hat.“
„Es gibt auch keine politische Ausrichtung?“
„Nein“, sagte Eduardo. „Ich bin zwar ein Altlinker, aber in der Initiative sind ganz unterschiedliche Bürger zu finden. Alles, was zählt, ist das gemeinsame Interesse zu verhindern, dass unser Stadtteil den Spekulanten zum Opfer fällt.“
Ich hatte allmählich den Eindruck, dass von dieser Seite nichts Erhellendes zur Lösung des Falles kommen würde, aber es war nett, mit den beiden zusammenzusitzen, zu trinken und über Gott und die Welt zu reden. Eduardo

wurde mit zunehmendem Glimmer allmählich sentimental und erzählte von der guten, alten Zeit in den Sechziger- und Siebzigerjahren, als die Linke noch stark und er noch jung war, erzählte von seinen Abenteuern bei der Besetzung des „Odeon" in Paris oder wie er Arm in Arm mit Rudi in Berlin demonstriert hat. Ina wurde immer stiller und auch ich knickte allmählich ab. So wankte ich irgendwann nach Hause, fiel ins Bett und wachte am Sonntagmorgen total verkatert auf.

Montag früh fuhr ich dann zu Ariano ins Präsidium nach Alsterdorf. Das neue Polizei-Hauptquartier ist wie das „Dockland" ein Teherani-Bau und sieht von oben aus wie ein überdimensionaler Sheriff-Stern. Die große Pinnwand in seinem Büro war mit Tatortfotos aus Spartakus' Atelier gepflastert. Details der Tatwaffe, die Leiche, die durchwühlten Schränke – alles war fein säuberlich dokumentiert. Ich nahm mir die Zeit, die Fotos noch einmal genau anzusehen. Vielleicht hatte ich ja in der beklemmenden Situation vor Ort etwas übersehen, aber ich wartete vergebens auf die Erleuchtung. Während ich die Pinnwand studierte, schwieg Ariano.
„Mir ist auch noch keine neue Idee gekommen", sagte er dann. „Dabei habe ich mir das ganze Wochenende um die Ohren geschlagen."
Ich gab meinem Freund eine kurze Zusammenfassung der Informationen von Celine, bevor ich fragte, was das Verhör von Crix Schnabel ergeben hat.
„Leider haben weder Verhör noch Hausdurchsuchung uns weitergeführt", sagte Ariano. „Er bleibt bei seiner Aussage, die Erpressung gemeinsam mit Spartakus Schlenz geplant zu haben. Wie Spartakus an die belastenden Unterlagen gekommen sei, wisse er nicht. Als er mehrere Tage nichts von seinem Freund gehört hat, ist er mit-

hilfe seines Schlüssels in Spartakus' Atelier gegangen, um nachzusehen, was los ist, und hat ihn dort erschlagen vorgefunden. Aus Angst, selbst in Verdacht zu geraten, und wegen der Erpressungspläne hat er darauf verzichtet, die Polizei zu rufen."

„Dann hat er also doch einen Schlüssel gehabt", sagte ich.

„Den hat er angeblich danach in die Elbe geworfen, um auf Nummer Sicher zu gehen."

„Celine ist sich sicher: Sie würde schwören, dass Spartakus sich niemals an einer Erpressung beteiligt hätte. Am Wochenende habe ich mich mit zwei Leuten von der BEBA unterhalten und auch die glauben eher, dass Spartakus nichts mit der Erpressung zu tun hat."

„Das mögen alle glauben, aber wir wissen es besser. Wie oft tun sich Abgründe auf, von denen gerade die nächsten Verwandten und engen Freunde nichts ahnen."

„Am plausibelsten erscheint mir folgende Version", sagte ich. „Spartakus sind die Unterlagen zugespielt worden. Er will die Informationen für seine Aktion gegen Dehmel & Brüll einsetzen und zeigt sie seinem Freund und Kollegen Crix. Der riecht das große Geld, versucht Spartakus zu der Erpressung zu überreden, und als der sich weigert, schlägt er im Streit zu! Schon die Wahl der Tatwaffe zeigt, dass der Totschlag spontan ausgeführt worden ist."

„Hmmm, Ähnliches habe ich auch schon gedacht. Da haben wir die Beziehungstat. Das Motiv ist nicht Eifersucht, sondern Gier. Aber wie wollen wir das beweisen?"

Ich zuckte die Schultern. „Das weiß ich auch noch nicht. Ist ja auch erst eine Hypothese. Es muss auch nicht unbedingt Gier sein. Ich glaube, dem Maler geht es finanziell ziemlich schlecht, er pfeift aus dem letzten Loch."

„Die Hypothese ist nicht schlecht", meinte Ariano. „Denn die andere Variante, dass der Aktionskünstler im Auftrag von Dehmel & Brüll umgebracht wurde, scheint mir doch sehr unwahrscheinlich. Denn das würde zunächst voraussetzen, dass D & B schon zu diesem frühen Zeitpunkt von den kompromittierenden Unterlagen gewusst haben. Und nicht nur das. Ihnen müsste auch bekannt gewesen sein, dass Spartakus Schlenz im Besitz dieser Unterlagen war. Selbst wenn sie darüber im Bilde waren, hätte es keinen Sinn gehabt, den Besitzer einer Kopie umzulegen, solange das Original im Umlauf ist und jederzeit weitere Kopien auftauchen können."

„Was ja dann auch passiert ist", warf ich ein. „Du hast völlig recht!"

„Aber vielleicht gibt es noch andere Möglichkeiten", sagte Ariano. „Vielleicht hat die Erpressung nicht mal mit Spartakus' Tod zu tun. Wir wissen immer noch nicht sehr viel über das Privatleben des Aktionskünstlers."

„Das wäre dann aber ein sehr großer Zufall", sagte ich.

„Wenn wir nicht schnell was finden, muss ich Crix Schnabel wieder laufen lassen. Da der Mann einen festen Wohnsitz hat und keine Fluchtgefahr besteht, wird der Richter einer längeren Untersuchungshaft nicht zustimmen, zumal die Situation auch politisch sehr aufgeladen ist. Das kann uns leicht als Versuch ausgelegt werden, ein prominentes Mitglied der Bürgerinitiative mundtot zu machen."

„Ich glaube, bei der Bürgerinitiative ist er unten durch, nach allem, was passiert ist." Ich stand auf. „Sieh, was du tun kannst. Ich habe noch keine gute Idee, wo ich einhaken könnte. Am nächsten dran ist im Moment Celine. Ach ja, das hätte ich jetzt fast vergessen. Was hat die Obduktion von Dr. Bock ergeben?"

„Das ist sehr seltsam", sagte Ariano. „Unser Pathologe steht vor einem Rätsel, was die genaue Todesursache angeht. Das Gehirn des Toten weist einige Merkwürdig-

keiten auf, für die es noch keine vernünftige Erklärung gibt."
„Wie das?"
„Bock ist an einem Gehirnschlag durch Überhitzung gestorben, aber um sich derart krass aufzuheizen, hätte er stundenlang in der Sauna sitzen müssen. Sein Gehirn war, überspitzt gesagt, gar gekocht."
„Hm, war er nicht in der Küche?"
„Genau. Wir arbeiten noch dran." Ariano sah auf seine Uhr. „Übrigens stehen gerade in diesem Moment die Kollegen von der Steuerfahndung bei Draegerbau auf der Matte und räumen deren Büros aus. Aber rechne nicht mit schnellen Ergebnissen, da müssen zentnerweise Akten durchgesehen werden."
Ich nickte und verließ Arianos Büro, um nach Ottensen zu fahren, meine Post durchzusehen und mich um meinen Schreibtisch zu kümmern. Zwar hatte ich jetzt eine Sekretärin, aber die war ja anderweitig eingespannt! Im Laufe des Nachmittags hatte ich die Lage sozusagen frisch durchdacht und war zu dem Schluss gekommen, mich ab jetzt auf die Mannschaft bei Dehmel & Brüll zu konzentrieren, denn ich war stärker denn je davon überzeugt, dass der Schlüssel für die aktuellen Probleme in der Firma zu finden sein würde. Auch Goliaths Frau würde ich gerne mal kennen lernen, um herauszufinden, ob die seine Eskapaden so ohne Weiteres hinnahm. Aber nach allem, was Celine mir erzählt hatte, schien es mir sinnvoll, zuerst Gesine Bohrschleck genauer unter die Lupe zu nehmen. Obwohl, bei dem Format ihrer Oberweite würde ich keine Lupe brauchen.
Rechtzeitig zum Feierabend setzte ich mich wieder ins Auto, fuhr runter zum „Dockland" und postierte mich strategisch günstig an der Van-der-Smissen-Straße, sodass kein Fahrzeug den Firmensitz am Ausrüstungskai

ungesehen verlassen konnte. Diesmal hatte ich nicht so viel Glück wie neulich, als ich auf Anhieb über Loreley gefallen war. Ich musste eine ganze Weile im Auto warten und schaute zu, wie einer nach dem anderen an mir vorbei in den Feierabend fuhr, während ich mich langweilte und allmählich große Mühe hatte, die Konzentration aufrechtzuhalten. Leider hatte ich es versäumt, mir ein paar Snacks mitzunehmen, sodass ich zunehmend von Hunger und Durst gequält wurde und immer wieder in Gedanken und Tagträume abdriftete. Plötzlich schreckte ich hoch, weil ein grüner Golf an mir vorbeifuhr, den ich nicht hatte kommen sehen.

Aus den Augenwinkeln sah ich Gesine Bohrschleck hinterm Steuer. Fluchend startete ich meinen Wagen, gab Gas und fuhr hinterher. Glücklicherweise hatte ich an der Großen Elbstraße nah genug aufgeschlossen, um erkennen zu können, dass ich mich getäuscht hatte. In dem Golf saß eine andere Frau, die tatsächlich auch nur eine entfernte Ähnlichkeit mit der Bohrschleck hatte. „Verdammt noch mal!" Da musste ich wirklich für einen Moment eingenickt oder weggetreten gewesen sein! Ich stieg auf die Bremse und riss das Steuer herum, um zu wenden und zurückzufahren. Dabei entging ich nur knapp einer Karambolage mit dem hinter mir fahrenden BMW. Der Fahrer ging geistesgegenwärtig in die Klötze und schaffte es mit Mühe und quietschenden Reifen, einen Unfall abzuwenden. Das hätte mir gerade noch gefehlt! Der Mann saß schimpfend hinterm Steuer und deutete mittels eindeutiger Handzeichen an, was er von meinem Fahrstil hielt. Ich winkte entschuldigend und gab Gas, um zurückzufahren, aber schon in einem der nächsten Autos, die mir entgegenkamen, erkannte ich nun tatsächlich Frau Bohrschleck. Diesmal agierte ich etwas vorsichtiger und schaute erst in den Rückspiegel, bevor ich erneut wendete

und mich an ihre Stoßstange heftete. Zum Glück fuhr die Gute eher defensiv und vorsichtig, was die Verfolgung erleichterte und mich nicht zu weiteren riskanten Manövern verleitete.
Die Fahrt ging hoch zum Altonaer Rathaus, ein Stück auf der Max-Brauer-Allee und dann hinein nach Ottensen. Jetzt wurde es schwierig. Die Straßen waren eng und die Parkplätze dünn gesät. Als sie einen Parkplatz gefunden hatte, war weit und breit keine zweite freie Lücke zu sehen. Was tun? Ich blieb erst einmal stehen, um zu sehen, wohin sie gehen würde. Die Fahrertür ging auf und zwei wohlgeformte Beine in dunklen Strümpfen erschienen auf der Bildfläche. Ich kannte bisher nur ihre obere Hälfte, weil ich sie nie außerhalb der Rezeption hinter dem Tresen erlebt hatte, aber nun sah ich, dass sie sich auch vom Gürtel abwärts nicht zu verstecken brauchte. Eine würdige Konkurrentin für die schöne Loreley! Sie schloss ihr Auto ab und begab sich auf den Weg in Richtung Alma-Wartenberg-Platz. Das jetzt einsetzende Hupkonzert machte mich darauf aufmerksam, dass sich hinter mir mittlerweile eine kleine Schlange gebildet hatte. Jetzt war guter Rat teuer. Ich fuhr langsam weiter und überholte Gesine Bohrschleck. Wohin? Kurz entschlossen bog ich rechts ab in eine kleine Sackgasse. Dort war überall absolutes Halteverbot, aber wenigstens blockierte ich nicht den Verkehr. Im Rückspiegel sah ich, wie Gesine die Straße überquerte. Jetzt galt es schnell zu sein, sonst würde ich sie verlieren. Ich stellte mein Auto, so schnell ich konnte, ab. In der Hoffnung, nicht abgeschleppt zu werden, sprang ich heraus, schloss ab und sprintete dann die Straße herunter. Ich sah gerade eben noch, wie das Objekt meiner Begierde um die Ecke zum Alma-Wartenberg-Platz bog. Ich legte noch einen Zahn zu, aber als ich ausgepumpt den Platz erreichte, war von Miss Bohrschleck nichts mehr zu

sehen. So'n Mist! Mengen von Leuten tummelten sich auf dem Platz, aber keine Spur von meiner heiß begehrten Schönen. Ich kam allmählich wieder zu Atem und sah mich noch mal um. Weit konnte sie ja nicht sein. Und tatsächlich! Als jemand die Tür zum „Aurel" öffnete, sah ich sie. Sie stand an der Theke und unterhielt sich mit einer anderen jungen Frau. Das gab mir etwas Zeit zum Nachdenken. Ich wechselte die Straßenseite und setzte mich vor die Bäckerei „Von Allwörden" auf einen Betonpoller. Sie war offensichtlich mit einer Freundin verabredet. Hatte es noch Sinn, am Ball zu bleiben?
Ein paar Minuten später, kamen die beiden Frauen, jede mit einem Caipi versorgt aus der Kneipe und setzten sich draußen auf eine Bank. Um diese frühe Stunde gab es noch freie Plätze. Vielleicht wäre es nicht schlecht, mit ihr ins Gespräch zu kommen? Versuchen konnte ich es ja mal! Ich stand auf, überquerte die Straße und tat so, als sei ich mächtig überrascht, sie hier anzutreffen: „Guten Abend, Frau Bohrschleck, was für eine nette Überraschung! Sie nehmen nach der Arbeit noch einen Absacker! Das mache ich auch ganz gerne. Mein Büro ist gleich hier um die Ecke."
Sie erkannte mich sofort. „Hallo, Herr Nietsch. Wer an so einem schönen Abend gleich nach Hause fährt, ist selber schuld, nicht wahr!"
Ich setzte mein freundlichstes Lächeln auf: „Darf ich Ihnen auf einen Drink Gesellschaft leisten?", fragte ich.
Die beiden Frauen sahen sich an. „Herr Nietsch ist Detektiv und arbeitet zurzeit für unsere Firma", erklärte Gesine Bohrschleck ihrer Freundin.
„Das ist ja ein spannender Beruf. Sind Sie etwa der Freddie Nietsch, über den in letzter Zeit so viel in der Zeitung zu lesen war?" Die Freundin schien keine Einwände gegen meine Gesellschaft zu haben, ja, sogar zu

meinen Fans zu zählen..
„Gerne“, sagte Gesine, „bestimmt haben Sie eine ganze Menge interessanter Sachen zu erzählen. Darf ich vorstellen: meine Freundin Sandra von Lotterbek-Eisleben.“
„Freut mich, Sie kennen zu lernen. Ich hole mir auch eben einen Caipi. Halten Sie mir den Platz frei, ich bin sofort wieder da.“ Damit verschwand ich in dem Laden. Während ich auf mein Getränk wartete, beobachtete ich durchs Fenster, wie die beiden Frauen miteinander tuschelten. Offenbar versorgte Gesine Bohrschleck ihre Freundin mit weiteren Informationen über mich. Immerhin sorgte das bei den Damen für gute Laune, denn sie fingen immer wieder an zu lachen. Den Absturz vom Samstag noch vor Augen und in den Knochen, nahm ich mir vor, heute bei den Cocktails etwas Zurückhaltung zu zeigen.
In den Sommermonaten wird im „Aurel“ wahrscheinlich mehr Caipirinha umgesetzt als an der Copacabana. Allabendlich stehen drei Leute hinter der Theke und zerstoßen unter den Augen der wartenden Kunden im Akkord Eis und Limetten. Deshalb dauerte es nicht lange, bis ich mich mit meinem hochprozentigen eiskalten Kultgetränk in der Hand durch die Menge vor der Theke wieder nach draußen drängte, um neben den beiden Schönen Platz zu nehmen.
„Wussten Sie eigentlich, dass der Name des Cocktails ursprünglich vom brasilianischen Wort ‘caipira’ abstammt, welches Hinterwäldler bedeutet?“
„Na, da bin ich doch gerne eine Hinterwäldlerin“, sagte Frau von Lotterbek-Eisleben, „wenn es so gut schmeckt.“
Wir prosteten einander zu und sogen an den dicken Strohhalmen, um einen kräftigen Schluck des würzigen Gesöffs zu nehmen. Zwar bin ich ein ausgewiesener Rotweintrinker, aber an einem lauen Abend ist so ein

Caipi auch nicht zu verachten.
„Ich kenne Sandra von meinem vorherigen Job in einem Maklerbüro“, sagte Gesine Bohrschleck. „Wir sind seither befreundet und treffen uns regelmäßig.“
„Sie hätte mal lieber bei uns bleiben sollen“, sagte Sandra. „Der Wechsel hat ihr kein Glück gebracht.“
„Ach, hör doch auf!“ Gesine stieß ihrer Freundin leicht den Ellenbogen in die Seite.
„Stimmt doch“, sagte Sandra. „Du wirst doch nicht sagen, dass es gut für dich gelaufen ist.“
„Wieso? Sind Sie nicht zufrieden bei Dehmel & Brüll? Sie haben doch einen sehr schönen Arbeitsplatz mit einer sensationellen Aussicht.“
„Doch, hören Sie nicht auf Sandra. Ich bin sehr zufrieden dort.“
„Aber eigentlich hattest du dir das anders vorgestellt, als du dich von Goliath hast einwickeln lassen. Du solltest als Assistentin der Geschäftsleitung arbeiten und nicht als Empfangsmieze!“
„Lass gut sein“, ermahnte Gesine ihre Freundin, „ich glaube nicht, dass das Herrn Nietsch interessiert.“
„Schon okay“, sagte ich, denn natürlich war ich genau an solchen Themen brennend interessiert, aber zu viele neugierige Fragen wären doch etwas merkwürdig dahergekommen. Stattdessen gab ich ein paar wilde Geschichten über mein aufregendes Detektivleben zum Besten, wobei ich mein Licht keineswegs unter den Scheffel stellte. Je mehr Eindruck ich machte, desto besser. Sollten die beiden Schönen doch denken, dass sie den Abend mit einem besonders tollen Kerl verbrachten. Ziemlich schnell hatten wir unsere Gläser geleert und ich gab eine neue Runde aus. Der zweite Caipirinha zog den Mädels bereits die Schuhe aus und auch ich fühlte mich ganz leicht im Kopf. Wir gingen dazu über uns zu duzen und kicherten wie die

Schulkinder. Dabei gewann ich den Eindruck, dass ich es insbesondere Sandra angetan hatte, die mir immer länger und immer tiefer in die Augen schaute. Als ich nach dem zweiten Cocktail noch eine dritte Runde holen wollte, winkte Gesine ab, sie wollte nach Hause. Sandra versuchte, ihre Freundin dazu zu bewegen noch zu bleiben, jedoch ohne Erfolg. So verabschiedeten wir Gesine Bohrschleck und ich holte noch einen Drink für Sandra und mich. Jetzt konnte ich das Gespräch in aller Harmlosigkeit auf Dehmel & Brüll lenken.

„Eine Riesensauerei war das, dass Gesine von der Lasch ausgebootet worden ist", sagte ich.

„Genau", sagte Sandra, „sie hat diesen notgeilen Widerling Goliath durch unser Maklerbüro kennen gelernt. Wir haben für D & B Immobilien verwaltet. Er hat so lange an ihr gebaggert, hat sie mit einem guten Job gelockt – und als er sie schließlich weich geklopft hatte, hat er sie schnell wieder abgeschoben."

„Wie kam es dazu?", fragte ich sie.

„Keine Ahnung! Vielleicht war sie ihm langweilig geworden, als er sein Ziel erreicht hatte. Gesine sagt, dass die Lasch sich ganz gezielt an ihn rangemacht hat. Dabei hatte er sogar versprochen, sich für sie scheiden zu lassen."

„Und das hat sie ihm geglaubt?"

„Ja! Wir Frauen können ganz schön blöd sein!" Sie sah mir in die Augen.

„Na ja", sagte ich, „ein Unschuldslamm ist Gesine ja nun auch nicht. Wer sich wegen des Geldes mit einem verheirateten Mann einlässt, kann auch nicht unbedingt ehrliche Gefühle erwarten."

„Macht und Geld sind eben sexy", sagte Sandra.

„Auch wenn der Besitzer doppelt so alt, doppelt so schwer und außerdem zehn Zentimeter kleiner als sie ist?"

Sandra lachte. „Ich hab das erst auch nicht verstanden.

Aber es geht nicht immer nur um Äußerlichkeiten. Goliath kann nicht nur ungemein charmant und überzeugend sein. Gesine fühlte sich hoch geschätzt und begehrt. Er hat sie mit Annehmlichkeiten und Geschenken überhäuft. Da kann man als Frau schon schwach werden." Sie beugte sich zu mir herüber und flüsterte: „Außerdem soll er eine echte Rakete im Bett sein! Obwohl er auch auf komische Sachen gestanden hat." Sie kicherte und legte verschwörerisch den Finger auf die Lippen.
„Was für komische Sachen?" Jetzt wurde es interessant.
Sandra druckste einen Augenblick herum. „Das hat mir Gesine unter dem Siegel der Verschwiegenheit erzählt."
„Ich kann schweigen wie ein Grab!"
Zum Glück war sie schon betrunken genug, um munter weiterzureden. „Er ist immer mit ihr in einen Swingerclub gegangen, die 'Funny-Sauna' in der Virchowstraße."
„Ist nicht wahr!"
„Doch!" Sie kicherte. „Gesine hat mir Sachen erzählt, meine Güte!"
„Der Hammer!"
Sandra von Lotterbek-Eisleben hatte ziemlich rote Bäckchen bekommen, als sie von den amourösen Abenteuern ihrer Freundin erzählte, und ich hatte den Eindruck, als wäre auch sie nicht unbedingt abgeneigt, sich auf exotische erotische Spielchen einzulassen. Irgendwo war ich im Zusammenhang mit dieser Geschichte schon einmal der „Funny-Sauna" begegnet. Richtig! Das Streichholzbriefchen in der Sammelkiste in Dr. Bocks Arbeitszimmer stammte doch von dort!
„Hm, und mit dem ganzen Spaß war es dann abrupt vorbei, als sich Loreley Lasch die Rakete unter den Nagel gerissen hat."
„Sie war wie aus dem Nichts aufgetaucht. Gesine hat erzählt, dass diese Schlampe es von Anfang an darauf

angelegt hat und dass sie Goliath ausnimmt wie eine Weihnachtsgans."

„Das hört sich ja so an, als sei Goliath das bedauernswerte Opfer."

„Das kann man vielleicht nicht unbedingt sagen, aber Gesine ist ziemlich sauer auf die beiden!"

Sauer genug, um der Firma zu schaden? Und was war eigentlich mit seiner Frau, wie fand die seine Eskapaden? Ob sie davon wusste? Allmählich zeigten die drei Cocktails auch bei mir Wirkung. Auf keinen Fall würde ich noch einen trinken. Außerdem wurde es allmählich kühl. Als ich Sandra von Lotterbek-Eisleben nach Hause brachte, lud sie mich noch „auf einen Kaffee" ein.

10

Am nächsten Morgen war ich wieder ziemlich erledigt. Der Kaffee war sehr heiß gewesen und außerdem steckten mir die drei Caipirinhas noch in den Knochen. Im Büro fand ich eine Nachricht von Celine, die um Rückruf bat.
Ich wählte ihre Handynummer. „Hallo, wo bist du, kannst du reden?"
„Ist im Moment okay, ich bin alleine im Raum. Wo hast du gestern gesteckt. Ich habe im Büro auf dich gewartet."
„Die Ermittlungen haben mich bis spät abends in Anspruch genommen. Ich war noch mit Gesine Bohrschleck und ihrer Freundin einen trinken!"
„Aha, das nennst du dann ermitteln!"
„Hat sich aber gelohnt. Mehr heute Abend. Hast du noch Neuigkeiten?"
„Nichts Konkretes, weiterhin Klatschthema Nummer eins sind Goliaths Frauengeschichten!"
„Halte weiter die Ohren offen, ich versuche heute, an Goliaths Frau heranzukommen!"
„Alles klar, wir sehen uns nach Feierabend im Büro."
„Ich werde heute auf jeden Fall auch noch mal bei D & B auftauchen. Bis später."
Eines war klar: Ich durfte Frau Dehmel nicht als Freddie Nietsch gegenübertreten. Ich musste grinsen. Endlich konnte ich auf meinen Vorrat an Verkleidungs-Utensilien zugreifen, die ich für solche Fälle in petto hatte. Ich wählte eine auffällige Hornbrille, eine dunkle Perücke und einen dazu passenden Schnurrbart und schon sah ich aus wie eine Mischung aus Inspektor Clouseau und Horst Schlämmer. Ein leichter, grauer Trenchcoat vervollständigte meine Verkleidung. Dann fuhr ich mit dem Auto

nach Wellingsbüttel.
Die Dehmels bewohnten eine prächtige Villa direkt am Oberlauf der Alster. Ich parkte meinen Wagen eine Straße weiter und ging zu Fuß zurück. Das Grundstück war durch einen hohen schmiedeeisernen Zaun abgesichert und durch eine Hecke vor allzu neugierigen Blicken geschützt. Das geschlossene Eingangstor war videoüberwacht. Kurz nachdem ich den goldfarbenen Klingelknopf gedrückt hatte, meldete sich Frau Dehmel durch die Gegensprechanlage. „Ja, bitte?“
„Dr. Schmidt-Wipperfürth, Gesundheitsamt, darf ich Sie kurz sprechen?“
Anstelle einer Antwort ertönte der Summer und die Pforte sprang auf. Ich ging durch den großen Garten die Auffahrt hinauf zum Haus. Barbara Dehmel erwartete mich an der Tür. Obwohl der Vormittag schon recht weit fortgeschritten war, trug sie noch immer einen Morgenmantel und wirkte so, als sei sie gerade aus dem Bett gekommen. Als ich ihr gegenüberstand, roch ich eine Fahne, und zwar kein Fähnchen, wie es jemand hat, der sich mal schnell zwischendurch einen Kleinen genehmigt, sondern diesen konzentrierten Geruch von Schnaps und Schweiß, den passionierte Pegeltrinker verströmen. Sie hatte sich wohl bereits zum Frühstück für den Tag fit getrunken.
„Entschuldigen Sie die Störung“, sagte ich, „wegen der zunehmenden Rattenplage hier in der Gegend überprüfen wir die Grundstücke am Wasser.“
„Igitt, Ratten!“ Sie schüttelte sich.
„Ist Ihnen da in letzter Zeit was aufgefallen?“ Wahrscheinlich hat sie nur rosa Elefanten und keine grauen Ratten gesehen, dachte ich.
„Ich weiß nicht“, sagte sie. „Eigentlich nicht.“
„Keinen Rattenkot im Haus gefunden?“
Wieder schüttelte sie sich und verzog das Gesicht.

„Äääh, das ist ja eklig! Woher soll ich wissen, wie Rattenkot aussieht? Ich habe eine Putzfrau."

„Kann ich mich mal in Ihrem Haus und Ihrem Garten umsehen?" Ich sah, dass meine plötzliche Attacke sie zwar nervte, andererseits fürchtete sie sich aber auch vor den unbeliebten kleinen Nagern mit dem langen glatten Schwanz, sodass sie mich hereinließ. Ich drehte eine Runde durchs großzügig angelegte Erdgeschoss. Ohne Putzfrau wäre die gute Barbara Dehmel wohl ziemlich verloren. Überall fand ich angebrochene oder leere Wodkaflaschen und das schien ihr keineswegs peinlich zu sein.

„Leben Sie hier alleine?"

„Wie man's nimmt", sagte sie. „Warum fragen Sie das?"

„Es ist so ein großes Haus."

„Mein Mann arbeitet sehr viel und ist selten da."

„Fühlt man sich da nicht manchmal einsam?"

„Sie stellen merkwürdige Fragen für einen Mann, der nach Rattenkot sucht." Sie war zwar ziemlich angetrunken, aber nicht blöd.

„Ich komme viel herum", sagte ich, „und ich interessiere mich einfach für Menschen." Ich lächelte sie an.

„Und was denken Sie, Herr Schniedel-Wuppertal?"

„Dr. Schmidt-Wipperfürth", korrigierte ich sie. „Männer, die viel arbeiten, sind nicht immer die besten Ehemänner. Oftmals sitzen die Frauen dann irgendwann alleine in großen, teuren Häusern und bekämpfen Einsamkeit und Langeweile damit." Ich zeigte auf eine der Wodkaflaschen.

„Ich glaube, Sie arbeiten in der falschen Abteilung", sagte sie mit viel Bitterkeit in der Stimme. Und griff zu der Flasche. „Sie wären wohl besser bei den Psychotherapeuten aufgehoben."

Sie schenkte sich ein Glas ein. „Wollen Sie auch einen?"

Ich lehnte dankend ab und tat so, als würde ich weiter in

den Ecken nach Rattenkot Ausschau halten, aber ich hatte sie aufgestört.
„Sind Sie verheiratet?“, fragte sie mich irgendwann.
„Nein“, erwiderte ich, „dazu ist es bisher nicht gekommen. Meine große Liebe hat mich verlassen und eine neue ist noch nicht in Sicht.“
„Seien Sie froh, dann ist Ihnen einiges erspart geblieben“, sagte sie. „Ich bin seit 30 Jahren verheiratet und schon fast so lange allein.“
Diese Frau hatte schon vor langer Zeit resigniert. Ich glaubte nicht, dass sie mit der Attacke auf D & B zu tun hatte. Zwar war sie voller Groll, aber sie würde kaum die Energie aufbringen, Ihrem Mann zu schaden. Und wenn, dann fände sie andere Wege, nicht über die Firma, zu der sie ohnehin keinen Zugang hatte. Und warum gerade jetzt? Um meinen Besuch zu einem ordentlichen Abschluss zu bringen, untersuchte ich zum Schein noch die Wasserseite des Gartens, wobei ich tatsächlich eine Ratte entdeckte, die mit einem Satz ins Alsterwasser sprang und abtauchte, als ich näherkam. Dann verabschiedete ich mich, bevor Frau Dehmel nach einem weiteren Glas des tröstenden Wässerchens eventuell die Haltung verlieren würde. Außerdem juckte es mittlerweile heftig unter der Perücke und ich traute mich nicht zu kratzen, aus Angst, das gute Stück würde verrutschen.
„Auf Wiedersehen, Herr Schnitter-Wetterfeld“, rief sie mir nach. Es bestand wohl keine Gefahr, dass Goliath von meinem Besuch hier erfuhr.

Inzwischen war ich sicher, dass die Erpressung nicht geplant war. Das belastende Material war direkt zur Veröffentlichung bestimmt und zwar durch Spartakus Schlenz, dessen Tod und die versuchte Erpressung eher einen ungewollten Umweg darstellten. Irgendjemand aus

dem näheren Umfeld der Firma wollte D & B schaden und musste gute Gründe dafür haben. Draegerbau und Dr. Bock waren da nur Randfiguren. Aber wie sollte ich weitermachen? Ich wusste nicht einmal, ob es wirklich eine Bestechung gegeben hatte oder nicht? Aber spielte das wirklich eine Rolle? Dehmel & Brüll dementierten, aber was sollten die auch anderes sagen? Und woher hatte Dr. Bock so viel Schwarzgeld? Was kam als Motiv in Frage, D & B in die Pfanne zu hauen? Eifersucht? Ich dachte an Gesine Bohrschleck und Loreley Lasch. Aber es konnte auch etwas völlig Anderes sein. Ich musste zugeben, dass ich noch immer im Dunkeln tappte. Was wusste ich? Frau Dehmel hatte ich erst mal ausgeschlossen. Hatte ich mich zu schnell auf Goliath Dehmel fixiert, ging es vielleicht eher um David Brüll? Der Mann wirkte so harmlos, dass es schon fast verdächtig war.
Über die schöne Loreley wusste ich bisher fast nichts. Vielleicht sollte ich meine Verkleidung nutzen und auch ihrer Wohnung einen Besuch abstatten? Bestimmt war sie nicht zu Hause, sondern im Büro. Sie würde mich sonst sicherlich trotz Verkleidung erkennen. Die Ermittlungen wurden ärgerlicherweise dadurch erschwert, dass ich sozusagen hinter dem Rücken meiner Auftraggeber arbeitete. Eine sehr unerfreuliche Angelegenheit. Ich fuhr durch die Stadt zurück nach Ottensen, gab dann aber Gas, setzte die Perücke wieder auf und fuhr weiter nach Othmarschen in die Parkallee. Unterwegs hielt ich kurz bei einer Bäckerei und kaufte zwei belegte Brötchen und einen Cappuccino im Pappbecher. So ausgestattet parkte ich vor Loreleys Haus und lauerte auf eine günstige Gelegenheit, mir unauffällig Zutritt zu ihrer Wohnung zu verschaffen.
Ich kaute noch an dem zweiten Brötchen, als ich hinter den großen Fenstern Bewegung im ersten Stock sah. Kurz

darauf konnte ich erkennen, dass eine Putzfrau am Werke war und den Staubsauger schwang. Das war vielleicht eine Gelegenheit. Ich legte das Brötchen zur Seite und verließ meinen Beobachtungsposten. Glücklicherweise hatte ich spontan einen Plan, wie ich die Frau überreden würde mich einzulassen. Ich klemmte mir den blauen Werkzeugkasten, den ich für alle Fälle immer im Auto dabei hatte, unter den Arm und machte mich auf den Weg. Bei der Haustür, der ersten Hürde, die es zu überwinden galt, leistete mein schon bewährter Dietrich mir wieder Hilfestellung. Oben heulte der Staubsauger – nicht gerade das Modell „Flüsterleise". Vorsichtig schlich ich hinunter in den Keller und suchte die Stromzählerkästen mit den Hauptsicherungen. Es gab nur zwei Wohneinheiten in diesem Haus, ich konnte also nicht viel falsch machen, zumal alles ordentlich beschriftet war. Als ich den Schalter für die Hauptsicherung umlegte, gab es einen Knall. Der Staubsauger im ersten Stock begab sich mit einem letzten Aufröhren unter Protest zur Ruhe. Ich wartete ein paar Minuten, bis ich in den ersten Stock stieg und an der zweiflügeligen Wohnungstür klopfte. Der Treppenaufgang war hochherrschaftlich angelegt, die blütenweißen Wände und Decken mit Stuck verziert, ein dicker roter Teppich dämpfte meine Schritte. Auf dem Treppenabsatz stand eine Palme in einem großen Terrakottatopf. Die Tür wurde geöffnet und ich stand einer kleinen, schwarzhaarigen Frau, anscheinend einer Latina – ich tippte auf Mexiko – gegenüber. Irgendwo hatte ich gelesen, dass Leute, die auf sich halten, heutzutage keine polnischen oder türkischen, sondern südamerikanische Putzfrauen einstellen.
„Guten Tag", sagte ich, „ich komme wegen des Stromausfalls. Ich muss die Leitungen überprüfen."
„No comprendo alemán", sagte die Frau, „ich Rosita, ich nixe deutsch espreche."

Zum Glück hatte ich mal als Student, weil ich unbedingt „Hundert Jahre Einsamkeit“ im Original lesen wollte, einen Kurs „Spanisch in 30 Tagen“ gemacht und noch nicht alles, was ich damals mühsam gelernt hatte, wieder vergessen. „Hola“, sagte ich, „me llamo Manuel Kant. Tiene problemas con la corriente?“
„Si“, sagte sie erfreut, dass ich so schnell da war, „no hay luz. La electricidad no funciona.“ Sie betätigte einen Lichtschalter, um mir zu zeigen, dass nichts mehr ging.
„Vengo para repararla“, versprach ich ihr.
„Muy bien.“ Sie ließ mich herein.
Die Wohnung war übersichtlich und geschmackvoll eingerichtet, allerdings total feminin. Auf den ersten Blick hat Goliath Dehmels Anwesenheit keine Spuren hinterlassen. Nach meinem Besuch bei Frau Dehmel war ich davon ausgegangen, dass er diese Wohnung gemeinsam mit Loreley bewohnt. Ich stellte meine Werkzeugkiste ab, nahm einen Phasenprüfer heraus und begann, die Steckdosen der Wohnung eine nach der anderen zu prüfen. Anfangs sah Rosita mir interessiert zu, dann entschloss sie sich, mich meiner Arbeit zu überlassen und selbst wieder das Staubtuch zu schwingen. Ich fragte mich, wonach ich eigentlich suchte.
Auf dem aufgeräumten Schreibtisch stand ein Computer, ein eleganter i-Mac der neuesten Generation. Ich bereute kurzfristig, den Strom abgeschaltet zu haben, denn so konnte ich den Rechner nicht einschalten. Aber wie hätte ich Rosita erklärt, warum ich als Elektriker den Computer ihrer Chefin ansehen wollte? Leise und vorsichtig zog ich die Schreibtischschubladen auf, konnte jedoch nichts Verdächtiges entdecken. Neben dem Schreibtisch gab es zwei voluminöse, gemütliche Ledersessel, die einen kleinen Beistelltisch flankierten. Auf diesem Tisch lag ein aufgeschlagenes Fotoalbum. Unter den eingeklebten

Fotos war in sauberer Handschrift vermerkt, was es jeweils zu sehen gab. Viele der Aufnahmen zeigten Loreley als Kind mit ihren Eltern. Mein Blick blieb an einem der Bilder hängen. Die kleine Loreley saß zwischen zwei Männern auf einer Holzbank an Deck eines Schiffs, anscheinend ein Rheindampfer. Darunter stand: „Papa, Onkel Günter und ich auf dem Rhein, 1972". Ihren Vater kannte ich nicht, aber ich hätte schwören können, dass ich Onkel Günter schon mal gesehen hatte. Ich wusste nur nicht mehr, wo und in welchem Zusammenhang. Mit meinem Handy machte ich eine digitale Aufnahme dieses Bildes. Dann blätterte ich zurück, um das Album genauso aufgeschlagen liegen zu lassen, wie ich es gefunden hatte. Auch dem Bad stattete ich einen kurzen Besuch ab und wunderte mich, dass es auch dort keinen Hinweis auf Herrenmitbenutzung gab. Neben viel Damenkosmetik stand nur eine Zahnbürste auf der Glaskonsole über dem muschelförmigen Waschbecken, kein Rasierer, nichts, was auf Goliath Dehmel als Mitbewohner dieses Apartments schließen ließ. Warum waren die beiden so vorsichtig? Ich ging ins Wohnzimmer, wo Rosita die ohnehin sauberen Sideboards noch sauberer wischte. „Encontré el problema. En un minuto tendra luz. Hasta luego." Damit nahm ich meine Werkzeugkiste und verschwand nach unten in den Keller, wo ich die Hauptsicherung wieder einschaltete. Sofort röhrte der Staubsauger los, sodass mein abschließender Gruß, den ich nach oben rief, im lauten Getöse unterging.

11

Im Auto riss ich mir die Perücke vom Kopf, denn wieder war mir darunter ziemlich warm geworden. Noch während ich die restlichen Bissen meines Brötchens verspeiste, warf ich den Motor an und fuhr los. Ich war mit meinem Einsatz nur mäßig zufrieden. Zwar war alles gut gelaufen, ich war erfolgreich an meine Ziele gekommen, die Ausbeute an neuen Erkenntnissen ließ jedoch zu wünschen übrig.

Gegen Mittag war ich zurück in meinem Büro und googelte „Funny Sauna“.

Ich musste nicht lange warten, bis die Mutter aller Suchmaschinen mir die Ergebnisse auf dem Monitor präsentierte. Natürlich hatte das Etablissement in der Virchowstraße auch eine Homepage. “Willkommen im Pärchen und Single Paradies im Herzen Hamburgs“ hieß es da. Ich klickte mich durch die Club-Fotos, wo es neben so profanen Anlagen wie einer Bar, Saunen und einem Clubraum mit gemütlichen Sesseln auch diverse Spielwiesen, einen SM-Raum, einen Sling-Raum und andere eher ungewöhnliche Vorrichtungen zu sehen gab. Ein weiteres Menü bot Antworten auf häufig gestellte Fragen, auf neudeutsch: FAQs. Für schlappe 80 Euro konnte man sich als Single-Mann einen Abend lang nach Herzenslust amüsieren. Paare zahlten deutlich weniger, was mich nicht wunderte. Dort also vergnügte sich Goliath mit seinen Gespielinnen und dort war auch Dr. Bock, nach dem Streichholzbriefchen zu urteilen, mindestens einmal gewesen. Es konnte nicht verkehrt sein, den Swinger-Club mal etwas genauer unter die Lupe zu nehmen. Ich rief Ariano an.

„Was gibt's Neues?", fragte er mich ohne Umschweife.
„Nichts wirklich Interessantes", sagte ich, „ich habe heute mit Dehmels Ehefrau gesprochen, aber da bin ich mir ziemlich sicher, dass die draußen vor ist. Kannst du mir einen Gefallen tun?"
„Kommt drauf an", sagte Ariano.
„Es gibt da einen Swinger-Club, 'Funny-Sauna', in der Virchowstraße. Ich wüsste gerne mehr über die Hintergründe dieses Ladens: Wer ist der Besitzer, ist der Club schon mal unangenehm aufgefallen und so weiter … Kannst du da was machen?"
„Kein Problem", sagte Ariano, „warum interessiert dich der Laden?"
„Kann ich noch nicht genau sagen", wich ich aus, „aber wenn's konkreter wird, bist du der erste, der davon erfährt."
„Das will ich aber auch hoffen", erwiderte mein alter Freund. „Ich habe übrigens noch mal mit dem Pathologen gesprochen, der die Leiche von Dr. Bock untersucht hat. Er hat eine abenteuerliche Theorie, die aber zurzeit nicht zu beweisen ist. Hast du schon mal von Mikrowellen-Waffen gehört?"
„Nein."
„Das dachte ich mir. Hatte ich bisher auch nicht", fuhr Ariano fort, „aber unser Pathologe ist ein großer Anhänger von allen möglichen Verschwörungstheorien und behauptet, dass die Stasi in den letzten Jahren der DDR mit solchen Waffen experimentiert hat. Normalerweise kommt doch keiner auf so was."
„Und? Die Mikrowelle hat statt der Pizza sein Gehirn gegrillt?"
„So in etwa. Wir haben uns daraufhin die Mikrowelle mal vorgenommen, aber dadurch, dass sie durchgeschmort war, ließ sich nicht mehr nachvollziehen, ob und wie das Gerät manipuliert worden ist."

„Aber du sagtest ja, dass Mikrowellen eigentlich gar nicht durchschmoren können."
„Im Prinzip nicht, aber letztlich kann alles, was mit Strom betrieben wird, irgendwie durchbrennen. Vielleicht weist das Durchbrennen auch auf Manipulation hin."
„Und was hältst du nun davon?", fragte ich meinen Freund.
„Ehrlich gesagt weiß ich nicht, was ich damit anfangen soll. Der Pathologe ist kein Dummkopf. Wenn er recht hat, ist es Mord, und zwar ein ziemlich geschickter. Andererseits klingt das Ganze ziemlich spooky. Ich kann wirklich nicht beurteilen, was da dran ist. Kannst ja selbst mal im Internet suchen, was du über Mikrowellenwaffen findest, aber Vorsicht, da sind jede Menge Spinner unterwegs."
„Mach ich gleich, sitze sowieso am Computer. Vergiss nicht die Funny-Sauna."
„Keine Sorge, das läuft. Bis bald." Ariano legte auf.
Ich staunte nicht schlecht, was alles zum Thema „Mikrowellenwaffen" im Internet verbreitet wird, und war wie Ariano hin- und hergerissen zwischen einer Einschätzung als paranoide Internet-Verschwörungstheorie und tatsächlichem, ernsthaftem Einsatz von Mikrowellen als Waffe, mit der angeblich bereits die Stasi, aber auch die Bundeswehr und natürlich erst recht die US-Armee experimentiert haben. Besonders erstaunlich war die Seite: www.mikrowellenterror.de. Schenkte man den Verfassern dieser Artikel Glauben, war man einem unsichtbaren Bombardement schädlicher Strahlen zu jedem Zeitpunkt hilflos ausgeliefert. Dort gibt es ein Kapitel, das sich mit dem manipulierten Mikrowellenherd beschäftigt. Ich zitiere: „Die primitivste Möglichkeit für Mikrowellenangriffe bietet der Mikrowellenherd aus der Küche, er kann mit entsprechenden Grundkenntnissen

ohne Aufwand zu einer einfachen, aber gefährlichen Mikrowellenwaffe umgebaut werden." Sollte da wirklich was dran sein, dann hätte jemand Dr. Bock unauffällig zum Schweigen gebracht, und zwar mit Mitteln, die nicht unbedingt jedermann zur Verfügung stehen.

Ich ließ das Auto stehen und fuhr mit dem Fahrrad runter zum „Dockland". Das Wetter war noch immer großartig. Der monumentale Stuhlmannbrunnen hinter dem Bahnhof leuchtete grün und das Wasser glitzerte in der Sonne. Zwei Zentauren, umgeben von kleineren Wasserbewohnern, ringen um einen riesigen Fisch. Mir schien das fast wie eine Allegorie auf den Streit um den Bahnhof. Am Weg kam ich vorbei an dem Friedhof, auf dem das Grab des Dichters Friedrich Gottlieb Klopstock zu finden ist. Bei seiner Beerdigung ging es übrigens zu wie auf einer Pop-Veranstaltung heutzutage: 25.000 Fans gaben ihm die letzte Ehre.

Klopstock hatte die französische Revolution in Oden gefeiert und dafür 1792 einen Ehrenbürgerbrief der Französischen Republik erhalten. Später distanzierte er sich jedoch wegen der Gewaltexzesse der Jakobiner & Co. Ich fragte mich, was Klopstock wohl zu den Plänen zur Verlegung des Bahnhofs gesagt hätte, ob er Oden auf den Einsatz der Bürgerinitiativen geschrieben hätte? Vielleicht sollte ich beim nächsten Poetry-Slam mal was in diese Richtung Nachempfundenes zum Besten geben? Seitdem die „Quaestoria" so gut lief, hatte ich meine privaten Aktivitäten sträflich vernachlässigt und war nicht wieder beim Poetry Slam gewesen. Ich nahm mir vor, Huhu, meinen Hackerfreund und Dichterkumpel anzurufen und beim nächsten Slam unbedingt dabei zu sein.

Ich rollte bergab zur Elbe. Die Versuchung war groß, statt mich weiter um meinen Fall zu kümmern, den Nachmittag an der „Strandperle" im Sand zu verbringen, Zeitung zu lesen und den hübschen Mädchen nachzuschauen. Aber da Dehmel mir ein Ultimatum gestellt hatte, wollte ich ihr nicht nachgeben. So bog ich also rechtzeitig ab und war leider viel zu schnell bei D & B.

Meine neue Freundin Gesine Bohrschleck und meine Miss Undercover Celine saßen am Empfang. Celine schaute mich irritiert an, als ich Gesine duzte und mit Vornamen ansprach. „Bist du gut nach Hause gekommen?“

„Kein Problem, so viel hatte ich ja nicht getrunken. Bei euch ist es ja noch spät geworden, wie ich gehört habe.“

Offenbar hatte sie schon mit Sandra telefoniert.

„Stimmt. War ja auch ein sehr netter Abend.“

Sie lachte. „Das hat Sandra auch gesagt. Vielleicht war es doch schade, dass ich so früh gegangen bin.“

Celine hatte sich so gedreht, dass Gesine sie nicht sehen konnte, und feixte.

„Bestimmt ergibt sich wieder mal eine Gelegenheit. Sind die Chefs da?“

„Beide oben, du kennst ja den Weg.“ Sie lächelte.

Als ich zum Aufzug ging, konnte ich sehen, wie Celine mit ihr zu tuscheln begann. Ich fuhr hoch in den sechsten Stock und landete im Vorzimmer der Geschäftsführer bei Loreley.

„Hallo, Herr Nietsch“, empfing sie mich, „wo soll ich Sie anmelden, Brüll oder Dehmel?“

„Lassen Sie sich Zeit.“ Ich setzte mich in einen der Lounge-Sessel, die Gästen der Geschäftsführung das Warten erleichtern sollten. „Vielleicht laden Sie mich ja auf einen Kaffee ein.“

Loreley lächelte. „Jetzt wollen Sie mich also aushorchen – zähle ich etwa zu Ihren Verdächtigen?“

„Sollte ich Sie denn dazuzählen?“, antwortete ich mit einer Gegenfrage.

Sie stand auf und brachte mir einen Kaffee. „Wie macht man sich denn für Sie verdächtig?“ Sie spielte den Ball zurück, sodass ich doch gezwungen war, die erste Karte auf den Tisch zu legen.
„Zum Beispiel durch ein Verhältnis mit dem Chef. Weiß Herr Brüll davon?“
Sie sah mich für einen kurzen Moment ziemlich kühl an, dann strich sie die blonden Locken aus der Stirn und zuckte die Achseln. „Wissen Sie, in einer so kleinen Firma wird viel getratscht, erst recht, wenn es so missgünstige Kolleginnen gibt wie Frau Bohrschleck.“
„Dass die darüber überhaupt nicht glücklich war, sollte Sie nicht verwundern“, hakte ich ein.
„Tut es auch nicht, aber die hätte nun wirklich einen Grund Goliath zu schaden, was man von mir ja eher nicht sagen kann.“
Ich nahm einen Schluck Kaffee. „Gründe gibt es immer. Wer weiß, wie Herr Dehmel mit Ihnen umgeht. Er hat das Geld. So eine Abhängigkeitsbeziehung birgt viel Aggressionspotential.“
Sie lachte laut auf. „So einfach liegen die Abhängigkeitsverhältnisse nicht. Glauben Sie mir, ich kann ganz schön süchtig machen.“
„Das … kann ich mir durchaus vorstellen.“
„Stellen Sie sich besser nicht zu viel vor, sonst können Sie sich nicht mehr auf Ihren Job konzentrieren“, ermahnte sie mich und drohte scherzhaft mit dem Zeigefinger.
„Aber jetzt mal Scherz beiseite, wer hier im Haus hat gewusst, dass Dr. Bock die Draegerbau mit Schwarzgeld bezahlt hat, dass es demnach unmöglich sein würde nachzuweisen, dass D & B ihn nicht bestochen hat?“
Loreley dachte einen Moment nach. „Eigentlich kommen da nicht viele infrage. Außer Goliath und Herrn Brüll nur noch Jens Draeger, Gesine Bohrschleck und ich.“

„Wieso die Bohrschleck, die sitzt doch unten am Empfang?“

„Als die ganze Sache abgelaufen ist, war sie noch mit Goliath zusammen und war seine Assistentin. Da hat sie bei manchen Gelegenheiten mehr mitgekriegt, als gut war. Ich habe erst im Nachhinein davon erfahren, weil ich damals noch gar nicht hier war.“

„Das ist ja wirklich ein sehr überschaubarer Kreis.“ Jetzt spielte ich meine zweite Karte aus. „Hoffentlich reagiert Ihr Liebhaber nicht allzu misstrauisch und lässt Sie fallen.“

Jetzt fing sie lauthals an zu lachen: „Das wird er bestimmt nicht tun, wie ich schon sagte, dazu ist unser Verhältnis … äh … wie soll ich mich ausdrücken … zu speziell.“

Ich fragte mich, was ich mir darunter vorstellen sollte. „Sie sind nicht aus Hamburg, oder?“

„Ich komme, wie mein Name vermuten lässt, vom Rhein. Aus Unkel in der Nähe von Bonn.“

„Da hat doch auch Willi Brandt gewohnt.“

„Den kannte ich aber nicht, und wenn, dann hätte ich allenfalls als Kleinkind auf seinem Schoß sitzen können. Wie kommen Sie darauf?“

„Sie haben einen leichten, kaum hörbaren Akzent. Ich könnte nicht sagen, woher Sie stammen, nur dass Sie nicht aus Hamburg sind.“

„Ein feines Ohr haben Sie.“

„Vielleicht liegt das daran, dass ich eine ganze Weile außerhalb meiner Heimatstadt Hamburg gelebt habe.“

„Wohin hatte es Sie denn verschlagen?“

„Nach Heidelberg und nach München. Am Neckar habe ich studiert und an der Isar hatte ich meinen ersten Job.“

„Sie sind ein vielschichtiger Mann, ein Privatdetektiv mit Universitätsabschluss. Wie steht's denn nun, wollen Sie außer mit mir zu plaudern auch zu meinen Chefs? Goliath hat heute wenig Zeit, er nimmt demnächst die Maschine nach London."

„Dann will ich ihn nicht aufhalten und halte mich an David Brüll."

Loreley nahm das Telefon und meldete mich an. „Gehen Sie durch", sagte Sie dann, „und geben Sie acht, machen Sie keine Pferde scheu."

12

Noch immer hatte ich mich nicht an David Brülls schnarrende elektronische Sprechhilfe gewöhnt, sodass ich bei seiner freundlichen Begrüßung wieder zusammenzuckte. Den angebotenen Kaffee lehnte ich dankend ab, ich hatte ja gerade einen intus.

„Was gibt's Neues?"

„Darüber will ich erst reden, wenn ich wirklich etwas in der Hand habe", bremste ich ihn. „Was ist Ihnen eigentlich zugestoßen?" Ich zeigte auf seinen Kehlkopf.

„Zu viel geraucht", schnarrte er, „Krebs, der Kehlkopf musste entfernt werden. Seither laufe ich mit diesem Ding rum und kann froh sein, dass ich überhaupt noch reden kann."

„Tut mir leid", sagte ich.

„Mittlerweile habe ich mich daran gewöhnt, es gibt noch Schlimmeres. Eigentlich sollte ich die Arbeit aufgeben, aber was soll ich sonst tun? Zu Hause auf den Tod warten? Deshalb trifft mich dieser Rückschlag im Moment umso härter."

„Wie sind Sie eigentlich dazu gekommen, gemeinsam mit Herrn Dehmel die Firma zu gründen?"

David Brüll lächelte. Ich hatte den Eindruck, dass er ganz gerne über die alten Zeiten sprach. „Das ist schon lange her, genau gesagt war es 1979. Ich war bei einer alteingesessenen Hamburger Immobilienverwaltung als junger Anwalt beschäftigt und Goliath hatte sich wegen der Betreuung eines Objekts an uns gewandt. Ich habe dann die Verhandlungen mit ihm geführt. Das Ergebnis war, dass er mich überzeugt hat, meinen Job zu kündigen und gemeinsam mit ihm die Firma zu gründen, wobei er das

Geld einbrachte und ich Know-how und Kontakte. Das hat sich als eine sehr fruchtbare Zusammenarbeit erwiesen. Sie sehen ja, was daraus geworden ist." Er holte aus und beschrieb mit dem Arm einen weiten Bogen.
„Haben Sie sich nie gefragt, woher sein Geld gekommen ist? Soweit ich weiß, war er doch erst 1977 aus der damaligen DDR geflüchtet."
„Reiche Verwandte irgendwo im Westen haben ihm Startkapital verschafft und dann hatte er schon immer eine glückliche Hand mit Immobilienspekulationen. 1978 hat er der Landesregierung von Niedersachsen ein riesiges Behördengebäude in der Innenstadt von Hannover abgekauft, zu modernen Büros umgebaut und anschließend scheibchenweise verkauft. Das war wohl sehr lukrativ."
Von solchen Geschäften hatte ich schon gehört. Leider werden die immer nur von anderen gemacht, nie von mir.
„Und Sie sind immer gut miteinander ausgekommen?"
„Ja. Zwar sind wir von unserer Lebensart sehr verschieden und natürlich waren wir auch geschäftlich nicht immer einer Meinung. Es gab immer wieder Gesprächsbedarf, aber in echten Streit sind wir eigentlich nie geraten, sondern haben uns immer zum Wohle der Firma geeinigt."
„Wer soll eigentlich die Firma in Zukunft übernehmen? Soweit ich weiß, hat Herr Dehmel keine Kinder, und Ihre Sprösslinge haben sich völlig anders orientiert."
„Das ist ja interessant. Sie haben Erkundigungen über uns eingezogen." Er zog eine Augenbraue hoch. „Aber Sie berühren in der Tat eine offene Frage, die allmählich zu einem drängenden Problem wird, für das wir noch keine Lösung haben. Mein Geschäftspartner hat angeboten, mich auszuzahlen und meine Teile an der Firma zu übernehmen. Das ist wahrscheinlich für mich die beste Lösung."
„Dann hätte er also selbst einen Grund, den Preis zu

drücken.“ Darauf sprang ich sofort an.
„Nein.“ David Brüll lächelte. „Er hat mir ein sehr großzügiges Angebot gemacht.“
„Was, glauben Sie, steckt hinter der Attacke auf Ihre Firma?“
Brüll zögerte lange und sah zum Fenster hinaus über die großartige Hafenszene, die sich uns darbot. Ein starker, kleiner Schlepper boxte sich durch die grauen Fluten, während ein riesiges Containerschiff träge manövrierte, um anlegen zu können. „Eigentlich fallen mir dazu nur Goliaths, nennen wir es, unglückliche Frauengeschichten ein. Während er fürs Geschäft immer ein gutes Händchen hatte, war er schon immer instinktlos, was seine Liebschaften anging, insbesondere wenn er Berufliches und Privates miteinander verquickt hat wie mit Frau Bohrschleck. Aber da lässt er sich überhaupt nicht reinreden. Dabei hat es ihm an Frauen noch nie gemangelt, solange ich ihn kenne. Ich wusste oft nicht, ob ich ihn beneiden oder bedauern sollte.“
„Und seine Frau nimmt es wohl eher sportlich.“
„Die beiden sind nur noch pro forma zusammen. Ich habe Barbara schon lange nicht mehr gesehen. Sie hat schon vor Jahren aufgegeben.“
„Vielen Dank für das offene Gespräch. Ich bin übrigens Ihrer Meinung, was Herrn Dehmels Frauengeschichten angeht, suche aber noch nach Beweisen. Wie ich hörte, fliegt er heute wieder nach London.“
„Wo er bis übermorgen Abend zu tun hat. Bis dahin sollten Sie Resultate vorweisen können.“ Brüll zögerte einen Moment, bevor er fortfuhr. „Ich war im Übrigen derjenige, der Sie engagieren wollte. Goliath hätte eine interne Lösung bevorzugt.“
„Ich tue mein Bestes, bis später!“ Nachdenklich verließ ich das „Dockland“. Auf dem Rückweg fuhr ich einen

kleinen Bogen und kam an der Stelle vorbei, an der bis 1937 das einstige Haus Johann Friedrich Struensees gestanden hatte. Der Altonaer Arzt war im 17. Jahrhundert zum mächtigsten dänischen Staatsministeramt aufgestiegen, dann über seine Affäre mit der Gattin des damaligen Königs Christian VII. gestolpert und anschließend hingerichtet worden. Zwar wird Goliath Dehmel die Hinrichtung erspart bleiben, aber ich fürchtete, dass auch er über seine Affären stolpern wird.
Der Rückweg mit dem Fahrrad war deutlich anstrengender, denn jetzt ging es bergauf. Der Schweiß sammelte sich zu kleinen Tropfen und rann mir von der Stirn. Ich entschloss mich, kurz zu Hause vorbeizufahren und mir was Frisches anzuziehen. Außerdem brauchten meine kleinen Mitbewohner ihr Futter. Dadurch, dass ich die Nacht aushäusig verbracht hatte, hatten sie auf ihr Frühstück verzichten müssen und waren jetzt dementsprechend hungrig. In meinem 600-Liter-Aquarium lebte ein ausgewachsener Segelschilderwels namens Sebastian in Gesellschaft einer Gruppe halbwüchsiger Serrasalmus natteri, gemeinhin Piranhas genannt. Ich holte die Post aus dem Briefkasten und war froh, dass die Zeit, als mich eingehende Rechnungen schreckten, zumindest für den Moment vorbei zu sein schien.
Als ich meine Küche betrat, um eine Portion tiefgefrorenes Rinderherz aus dem Kühlschrank zu holen, dachte ich wieder an die Mikrowelle von Dr. Bock. Gut, dass ich mich immer geweigert habe, mir so ein Ding zuzulegen. Rinderherz eignet sich besonders als Futter für carnivore Fische, weil es sehr mager ist, reines Muskelfleisch. Ich spülte den Fleischbrocken eine Weile unter lauwarmem Wasser, um ihn anzutauen, und warf ihn dann ins Becken. Piranhas sind scheue Tiere, die nur im Schwarm gehalten werden sollten. Meistens beäugen sie das Futter erst eine

Weile, schauen, ob die Luft rein ist, bevor sie beginnen zu fressen, aber heute waren sie so hungrig, dass sie sich sofort auf den Happen stürzten und sich heftig darum balgten. In Sekundenschnelle war der Fleischbrocken in Fetzen gerissen und zwischen den kleinen, spitzen Zähnen verschwunden. Es wurde Zeit, Ihnen mal wieder Lebendfutter in Form von Köderfischen oder Mäusen anzubieten. Jedenfalls sollte man es sich in dieser Situation verkneifen, die Finger ins Becken zu tauchen, um seine kleinen Lieblinge zu streicheln.
Sebastian war der Resteverwerter, der sich mit dem begnügte, was auf den Boden herabfiel. Außerdem bevorzugte er pflanzliche Kost wie Algen oder ein Stück geschälte Gurke, an der er sich festsaugte, um sie langsam abzuraspeln.
Schließlich nahm ich das Telefon, setzte mich in meinen weißen Regiestuhl, der vor dem Aquarium stand, und wollte Ariano anrufen, um nachzufragen, ob es schon Neuigkeiten über die „Funny Sauna“ gab. Bevor ich seine Nummer wählen konnte, klingelte das Telefon in meiner Hand und auf dem Display erkannte ich die Nummer meiner Eltern.
Blitzartig stiegen Schuldgefühle in mir auf, denn ich hatte mich in der Hektik der letzten Tage nicht bei ihnen gemeldet. Dabei wusste ich, dass insbesondere meine schwerhörige Mutter sehr darunter litt, wenn ich zu lange abtauchte. Andererseits geriet es immer zur Tortur mit ihr zu telefonieren, eben weil sie so schlecht hörte und nur mit großer Mühe verstand, was ich sagte, sodass unsere Gespräche immer sehr einseitig ausfielen. Deshalb ließ ich trotz meines schlechten Gewissens das Telefon klingeln und nahm nicht ab, weil ich mir ersparen wollte, ein und denselben Satz mehrmals zu wiederholen und am Ende doch nicht verstanden zu werden. Ich nahm mir vor,

später selber anzurufen, denn dann hätte ich mit Sicherheit meinen Vater am anderen Ende der Leitung, da meine Mutter das Telefon nicht hören konnte. Schließlich verstummte das penetrante Läuten und ich wählte Arianos Nummer.

„Gibt's schon was Interessantes über die 'Funny Sauna'?"

„Kurry hat dir eine Mail geschrieben, aber erwarte nichts Besonderes. Das meiste wirst du eh schon wissen. Der Inhaber, ein Mann namens Michael Chorkowski, ist bisher in keiner Weise auffällig geworden und auch über seinen Laden gibt es nichts Negatives zu berichten. Finanzamt, Gesundheitsamt, Ordnungsamt – keine Probleme oder Beanstandungen, sogar die Höchsttemperatur seiner Kühlschränke hat immer gestimmt. Der Laden badet geradezu in Unschuld. "

„So viel Unschuld kommt einem doch immer irgendwie merkwürdig vor", sagte ich, „vor allem in diesem Gewerbe."

„Die 'Funny-Sauna' hat nichts mit Prostitution zu tun", sagte Ariano, „das ist ein reiner Swingerclub. Professionelle haben keinen Zutritt."

„Ich glaube, ich sollte mir den Club mal ansehen."

„Du hast mir immer noch nicht gesagt, warum du dich für den Laden interessierst."

„Ich bin im Zusammenhang mit D & B zweimal über die 'Funny Sauna' gestolpert. Erst war es nur ein Streichholzbriefchen mit Werbeaufdruck im Arbeitszimmer von Dr. Bock. Da wusste ich noch nicht einmal, dass es sich nicht um eine stinknormale Sauna handelt, aber gestern habe ich erfahren, dass Goliath Dehmel sich gerne mit seinen Gespielinnen dort vergnügt."

„Das ist in der Tat ein Grund, den Laden mal unter die Lupe zu nehmen, soll ich mitkommen?"

„Besser nicht, alleine bin ich unauffälliger und kann wahrscheinlich mehr erreichen als mit Polizeieskorte. Aber noch was Anderes. Ich habe ein Foto von einem Foto gemacht, auf dem ein Mann namens Onkel Günter abgebildet ist. Ich bin sicher, diesen Mann schon mal irgendwo gesehen zu haben, habe aber keinen Schimmer, wo. Ich schicke dir das JPEG gleich rüber. Vielleicht habt ihr ja eine Idee, um wen es sich dabei handelt."

„Okay, woher hast du das Foto?"

„Aus der Wohnung von Loreley."

„Bist du wahnsinnig geworden, bist du etwa eingebrochen?"

Ich musste lachen. „Natürlich nicht, ich habe einen kleinen Trick angewendet."

„Sag mir lieber nicht, was du gemacht hast, legal war das sicher nicht."

„Kann schon sein. Ich als Detektiv habe da etwas mehr Spielraum als ihr Polizisten", sagte ich. "Wie kommt ihr mit Crix Schnabel weiter? Hat der inzwischen geredet?"

„Nein, er bleibt bei seiner Version, Erpressung ja, Mord nein. Auch die Farbuntersuchungen an der Tatwaffe haben keinen Durchbruch gebracht. Das Vitamin-A, das wir in Rückständen gefunden haben, ist Bestandteil einer Tinktur, mit der Verhornungen an Händen oder Füßen behandelt werden. Ist auch zweifelhaft, ob das von Bedeutung für uns ist, Schnabel jedenfalls hat es nicht benutzt."

„Ich habe da so eine Idee. Hat er eigentlich irgendetwas zu seiner Fußverletzung gesagt, wegen der er hinkt?"

Ich hörte Blätter rascheln, anscheinend suchte Ariano in den Vernehmungsprotokollen. „Er hat sich den Fuß an irgendeiner scharfen Kante gestoßen, als er nachts mal raus musste."

„Das sagt er. Es könnte ihm aber auch ein schweres Bruchstück der Venus auf den Fuß gefallen sein, als er die

Statue auf Spartakus' Kopf zerschmettert hat. Lass unbedingt alle seine Schuhe auf Spuren von dem Marmormehl untersuchen."

„Du hast recht, ich schicke sofort Kurry und Ketchup los, um seine Treter einzusammeln."

„Okay, ich schaue mir noch mal die Infos über die 'Funny-Sauna' an und werde morgen Abend mal checken, was da so abgeht, ist sicher interessant, so oder so. Außerdem ist Goliath Dehmel wieder in London, dann laufe ich ihm dort auch nicht in die Arme."

Ariano lachte. „Treib es nicht zu doll und pass auf dich auf."

„Wie hatte James Bond noch gesagt: für Königin und Vaterland", erwiderte ich, ebenfalls lachend. „Ich erzähle dir morgen, was da los war." Damit legte ich auf und ging rüber in mein Büro, um mir Kurrys Mail anzusehen, aber Ariano hatte recht, dieser Michael Chorkowski war ein absolut unbeschriebenes Blatt. Nach der Wende aus Schwerin nach Hamburg gezogen, hatte er 1991 seinen Laden aufgemacht und seither unauffällig geführt. Ich ging noch mal auf die Web-Seite der „Funny-Sauna", um mich für meinen Besuch dort auf den Verhaltenskodex einzustimmen. Die Frage „Wie sollen wir uns kleiden?" wird beantwortet mit „Erwünscht ist ein gepflegtes Erscheinungsbild. Jedoch ist das Drunter wichtiger als das Drüber – das legt ihr ja sowieso ab …" und „die Herren haben die Wahl zwischen einem schicken Slip, einem frechen Tanga oder pfiffigen Boxershorts, aber auch FKK ist erlaubt." Außerdem „muss man bei nichts mitmachen". Auweia! Mir ging ein wenig die Muffe. Einen frechen Tanga besaß ich nicht und die Boxershorts mit Tweety und Sylvester gingen gar nicht. Ich klickte aufs Gästebuch, um mal nachzusehen, was denn die Gäste so erzählenswert fanden. Gleich zu Anfang stolperte ich über ein Gedicht

zur Bondage-Nacht, verfasst von Conny und Ingo, dessen vierte Strophe lautete:
„Doch haben wir schon vorgesorgt,
Der Strick vom Nachbarn ist geborgt.
Und eins noch werden wir nicht missen;
Zum Piercing Omas' Nadelkissen."
Ansonsten gab es jede Menge mehr oder weniger begeisterte Kommentare wie „geile Abende" oder „der Hammer" oder „freuen uns schon aufs nächste Mal". Irgendein armer Mensch, Mann oder Frau, das blieb ungenannt, hatte seinen „Puschel" verloren, was auch immer das wohl war, und eine Vielzahl von Gästen bekundeten ihr Mitgefühl, bis der letzte Beitrag in diesem Thread verkündete, dass der Puschel wieder aufgetaucht war – mein Gott, was für ein Glück! Ich verließ die Seite und schaltete den Computer aus.
Als meine Mitarbeiterin nach ihrem Arbeitstag bei D & B zu unserer abendlichen Besprechung in die „Quaestoria" kam, saß ich bereits wieder draußen vor dem „El Rojito", wo sie mich auch gleich entdeckte.
„Mann, was für ein langweiliger Tag", sagte sie, als sie sich neben mich gesetzt hatte. „Den ganzen Tag habe ich mit deiner Freundin Gesine am Empfang gesessen und das Telefon bedient. Das wäre auf die Dauer kein Job für mich."
„Und hast du irgendwas Neues herausgefunden?"
„Gesine Bohrschleck hat dreimal mit ihrer Freundin Sandra telefoniert und die beiden haben sich gar nicht darüber eingekriegt, was für ein toller Typ du bist. Das war kaum auszuhalten!"
„Wieso denn, da haben die doch recht, oder nicht?"
„Ist mir schlecht."
„Hat es sonst noch was Wichtiges gegeben, ich meine, was unseren Fall betrifft?"

„Eigentlich nicht, Herr Dehmel ist heute wieder nach London geflogen, aber das weißt du wohl schon."
Ich nickte. „Ich glaube, dass dein Undercover-Job inzwischen keinen Sinn mehr hat. Du solltest dort anrufen und dich abmelden, sag, dass du krank geworden bist. Dann arbeitest du ab morgen wieder in der ‚Quaestoria'."
„Okay Chef, mir hat es auch gereicht. Kann ich morgen einen Tag frei haben? Ich habe ziemlich viel zu erledigen, wozu ich in den letzten Tagen nicht gekommen bin."
„Kein Problem", sagte ich, „ich glaube, du hast ohnehin schon ziemlich viele Überstunden auf dem Zettel."
„Danke. Für morgen Abend hat die BEBA übrigens zu einer große Demo gegen D & B aufgerufen, kommst du auch?"
„Nein, ich muss noch Dringendes erledigen." Ich mochte nicht sagen, dass ich in den Swinger-Club gehen wollte, das kam mir irgendwie unpassend vor und hätte vermutlich ewig lange Frotzeleien nach sich gezogen. Wir verabschiedeten uns und ich genoss noch für eine Weile den lauen Frühsommerabend.

13

Es war Mittwoch, der 17. Juni, kurz nach 20 Uhr. Während die meisten braven Leute vor dem Fernseher saßen und die Tagesschau guckten, war ich im Begriff, zum ersten Mal in meinem Leben einen Swinger-Club zu betreten. Von außen wirkte das Haus völlig unscheinbar, ein schmuckloser, zweigeschossiger Gelbklinkerbau mit Flachdach. Die ehemaligen Fenster waren mit Glasbausteinen an zugemauert. Anstelle eines Lusttempels hätte es genauso einen Briefmarkenversand oder eine Frikadellenbraterei beherbergen können. Eine ganze Kohorte von Sprayern hatte sich daran ausgetobt und die Wände mit scheußlich misslungenen Graffiti beschmiert. Auf dem Parkplatz vor dem Haus standen schon einige Autos, sowohl Hamburger als auch auswärtige Kennzeichen. Ich stieg ein paar Stufen hinauf bis zu einer Art Hochparterre und landete vor einer unverschlossenen, zweiflügeligen Tür. Erst wunderte ich mich, dass die Außentür sich einfach öffnen ließ, dann verstand ich jedoch das Prinzip. Ich befand mich in einer Schleuse, denn gleich hinter dem Eingang gab es eine zweite, verschlossene Tür mit einem Bullauge. Jetzt musste ich klingeln. Das war geschickt gemacht, denn auf diese Weise konnten Gäste diskreter in den Laden gelangen, als wenn sie draußen vor der Tür für alle sichtbar hätten warten müssen. Ich sah, dass jemand mich durch das Bullauge musterte, dann sprang die Tür auf und ich wurde von einem freundlichen Mann in Muskel-Shirt und weißen Calvin-Klein-Unterhosen begrüßt. Ich schätzte ihn auf sportliche 50 Jahre, dabei gut erhalten, aber bei der diffusen Beleuchtung in dem Club konnte man sich leicht täuschen. Nachdem ich ihm gesagt hatte, dass ich zuvor noch nie in einem Swinger-Club gewesen sei, stellte er sich als „der Michael“, von seinen Freunden auch „Mischa“ genannt, vor. Als nächstes kassierte er die 80 Euro Eintrittsgeld und legte einen Zettel mit meinem Namen für die Getränke an. Ich hatte „Fritz“ als Decknamen gewählt.

„Wie ist deine Schuhgröße, Fritz?“, fragte er mich dann.

„Wofür brauchst du meine Schuhgröße?“ Ich war irritiert. Mischa zeigte mir Badelatschen. „Du willst dir doch keinen Fußpilz holen, oder?“

„Na toll“, an Fußpilz im Swinger-Club hatte ich nun nicht gedacht, dann doch eher an Pilze irgendwo oberhalb der Füße. Er versorgte mich mit passenden Badelatschen und einem blütenweißen Badetuch, bevor er mich in den Umkleideraum führte.

„Sobald du umgezogen bist, kommst du zu mir an die Bar. Dann machen wir eine kleine Führung durch den Club und ich zeige dir, was wir alles zu bieten haben“, sagte er nicht ohne Stolz. „Und keine Sorge, Fritz, hier beißt keiner, jedenfalls nicht, wenn du es nicht willst!“

„Wie beruhigend“, dachte ich, fühlte mich aber doch leicht angespannt. Ich fragte mich, ob der Besuch eines Swinger-Clubs zu den Dingen zählt, die ein Mann in seinem Leben unbedingt erlebt haben muss. Auch hatte ich noch bis vor kurzem geglaubt, dass man in einen solchen Club nur paarweise Einlass findet, dass einzelne Männer nicht willkommen seien, aber das war ganz falsch. Das Geld wird mit den Single-Männern verdient, denn Paare oder einzelne Frauen zahlen meistens keinen oder nur einen sehr geringen Eintritt, wodurch ein so genannter Herrenüberschuss zustande kommt.

Umkleideraum war eigentlich die falsche Bezeichnung für den orange gestrichenen Raum mit den grauen Blechspinden, Auskleideraum wäre treffender gewesen.

Ich entledigte mich meiner Kleidung bis auf die Unterhose – zum Glück hatte ich die FAQs gelesen und mein schickstes Modell von Bruno Banani angezogen – und schloss meine Sachen in den Spind ein. Den Schlüssel befestigte ich wie früher im Hallenbad mit einem Riemen am Handgelenk. Dann warf ich das Handtuch über die Schulter, schlüpfte in die Badelatschen und stürzte mich furchtlos ins Getümmel.
Das Erdgeschoss schien aus einem einzigen, großen Raum zu bestehen. Die Bar trennte den Eingangsbereich mit dem Zugang zum Umkleideraum von der Lounge, in der mehrere Ledersofas zum Abhängen oder sonstigen in Swinger-Clubs üblichen Aktivitäten wie zum Beispiel Gruppensex einluden. Auf zwei großen Monitoren liefen Hardcore-Pornos und an den Wänden hingen Poster mit erotischer Kunst. Mischa stand hinter der Bar, unterstützt von einer sparsam bekleideten jungen Frau. Eines war mal klar, mit normaler Damen- und Herren-Oberbekleidung fiel man hier eher unangenehm auf. Ich staunte nicht schlecht, was manche Leute unter einem sexy Outfit verstanden. An der Bar stand ein älterer Mann, angezogen wie ein römischer Legionär aus Asterix und Obelix, mit einem kurzen Röckchen und einem Brustpanzer. Er führte seine bis auf die Schuhe nackte Begleiterin an einer Kette, die an einem Lederhalsband befestigt war. Die Frau war am ganzen Körper mit Blumengirlanden tätowiert. Ein anderes Paar trug eher „klassische Reizwäsche", also Strapse, Strümpfe und Spitzendessous. Nicht so ganz klassisch war dabei, dass sich beide im Partnerlook zeigten, wobei die Strümpfe an seinen muskelbepackten Beinen eher dubios aussahen, auch wegen der gewagten Kombination mit den Badelatschen. Die Beleuchtung war sehr gedämpft und ließ, was das Aussehen der versammelten Nachtschwärmer anging, Gnade vor Wahrheit gehen.

Die Männer waren eindeutig in der Überzahl und Frauen gab es anscheinend nur als Teile von Paaren. Insgesamt fiel mir auf, dass die Jungen und Schönen hier wohl nicht zu finden waren. Jedenfalls sahen einige der Leute eher aus wie meine ältlichen Nachbarn und die wollte ich eigentlich nicht unbedingt in Reizwäsche sehen.
Als Mischa mich kommen sah, verließ er seinen Platz hinter der Bar, um mir den Rest des Clubs zu zeigen. Eine enge Wendeltreppe führte hinunter in den Keller, wo es noch dunkler war als oben. Schwarzlichtlampen sorgten dafür, dass weiße Wäsche gespenstig leuchtete, sodass es aussah, als würden diverse Geisterunterhosen begleitet von Gespensterbadelaken durch die finsteren Katakomben schweben. Neben dem Nassbereich mit Sauna, Whirlpool und einem Ruheraum gab es zwei vollständig mit Matratzen ausgelegte Räume, von Mischa „Spielwiesen" genannt, eine Folterkammer mit diversen Alltagsutensilien für den Sado-Maso-Spaß und eine kleine Kammer, deren Wände sowohl in Augenhöhe als auch in Hüfthöhe lauter kreisrunde Löcher aufwies. Das waren wohl Glory-Holes! Noch war in keinem dieser speziellen Kabinette was los, die Gäste hielten sich noch oben in der Bar auf, um sich mit Drinks und Smalltalk auf die wilden Orgien, die hier zweifellos im Verlaufe des Abends stattfinden würden, einzustimmen.
Mein Führer ließ mich im Nassbereich zurück, weil ich erst einmal duschen und dann einen Saunagang machen wollte. Außerdem konnte ich mich so in Ruhe alleine umsehen. Dabei begegneten mir allerdings immer wieder einzelne Männer, die – wohl getrieben von der Sorge, irgendetwas zu verpassen – hektisch auf ihren Badelatschen durch das Untergeschoss schlurften und in jedes leere Zimmer schauten.
Auf meinem Rundgang entdeckte ich eine zweite

Wendeltreppe, die aus dem Keller hoch, am Erdgeschoss vorbei in den ersten Stock führte. Dort endete sie allerdings vor einer verschlossenen Tür. Ansonsten schien alles das zu sein, wonach es aussah, ein Geheimnis konnte ich nicht entdecken. Also ging ich erst mal in die Sauna. Wo ich nun schon mal da war, konnte ich auch die Annehmlichkeiten des Clubs genießen, schließlich hatte ich ja kräftig Eintritt bezahlt.
Kaum hatte ich mich auf der mittleren Stufe ausgestreckt und begonnen mich zu entspannen, als ich Gesellschaft bekam. Eines der Paare von oben aus der Bar hatte wohl auch Lust auf verschärftes Schwitzen bekommen und ließ sich freundlich grüßend neben mir nieder. Beide lächelten mich immer wieder an, ich lächelte zurück, sagte aber nichts. Offenbar war das auf Lustgewinn versessene Paar von außerhalb, jedenfalls sprachen sie mit breitem hessischen Akzent. Als er in die Offensive ging und mir einen flotten Dreier mit seiner Frau vorschlug, lehnte ich dankend ab, mit der Begründung, absoluter Anfänger in Sachen Swingen zu sein und erst mal gucken zu wollen. Daraufhin zogen sich die beiden etwas pikiert zurück. Anscheinend war es in Swingerkreisen für einzelne Männer nicht üblich, Avancen abzuwehren. Ich hörte noch, wie sie draußen über „die kühlen Norddeutschen“ sprachen. Auch mir war die Lust am Schwitzen vergangen, die ganze Situation war mir ziemlich peinlich. Also verließ ich die Sauna und legte mich in den Whirlpool, wo ich mich von dem heißen Wasser massieren ließ. Saunen konnte ja echt gefährlich werden, nicht nur im Swinger-Club. Hatte sich nicht erst neulich bei der Sauna-Weltmeisterschaft in Finnland ein Russe zu Tode geschwitzt? Gerade als ich mich von der Offensive des sexhungrigen Paars einigermaßen erholt hatte und anfing, mich mit der Situation anzufreunden in einem Swinger-

Club zu ermitteln, hörte ich mit Schrecken, wie sich die Stimme von Goliath Dehmel näherte.
Verdammt! Ich hatte geglaubt, er sei in London. Ich atmete tief ein, hielt die Luft an und tauchte ab. Unter Wasser klingen Geräusche dumpf und unwirklich. Ich konnte verfolgen, wie sich eine Badelatschen-Stampede bedrohlich näherte. Blieb nur zu hoffen, dass Goliath und seine Freunde nicht in den Whirlpool wollten. Allmählich ging mir die Luft aus. Zum Glück blubberte der Pool so stark, dass es nicht auffiel, dass ich die Luft blasenweise abließ. Aber ich hatte Glück, die Gruppe hielt sich nicht lange im Nassbereich auf. Kurz bevor ich es nicht mehr unter Wasser aushielt und nach Luft schnappend auftauchte, waren die Leute die zweite Wendeltreppe hinaufgestiegen und durch die Tür in den ersten Stock verschwunden, an der ich vor kurzem erst gerüttelt hatte. Ich tauchte auf und versuchte zu Atem zu kommen und mich zu beruhigen. So ein Mist! Ich musste dringend verschwinden. Ich hoffte, dass niemand oben in der Bar geblieben war, der mich erkennen würde. Schnell trocknete ich mich ab, zog meine Bruno Banani wieder an und machte mich auf den Weg nach oben. Auf einer der beiden Spielwiesen tummelte sich mittlerweile ein stöhnendes Knäuel dunkler Leiber, beleuchtet von den wandernden Lichtpunkten einer Diskokugel. Ich musste mich durch eine kleine Traube von verschwitzten Männern drängen, die dem Gerangel gebannt und gierig zusahen. Eilig, mit zwei Stufen auf einmal, stieg ich die Treppe zur Bar herauf und lugte dann vorsichtig um die Ecke. Das Herz rutschte mir vor Schreck in die Bruno Banani. An der Bar saß Loreley in zauberhafter Unterwäsche und unterhielt sich mit Mischa. Niemals würde ich ungesehen an ihr vorbeikommen. Also blieb erst einmal nur der Rückzug nach unten, sozusagen die Flucht nach vorne. Ich hoffte, ich würde nicht in der

Folterkammer landen. Erst einmal beschloss ich, mich in der dunkelsten Ecke des dunklen Kellers zu verstecken, und das war die Kammer mit den Glory-Holes, aber auch dort tobte mittlerweile das pralle Leben. Trotzdem stellte ich mich in die hinterste Ecke und lugte durch eines der Löcher in den Innenraum. Es war so dunkel, dass ich dachte, niemand würde mich sehen. Aber weit gefehlt. Als ich mich nicht rührte, klopfte eine der Damen auf der anderen Seite auffordernd gegen die Wand.

Ich erschrak. Oh, Gott, wohin? Mit klappernden Badelatschen schlich ich davon. Auf der anderen Seite war die Herren-Toilette. Ich schlüpfte schnell hinein und versteckte mich in einer der Kabinen. Gott sei dank konnte man selbst im Swinger-Club die Toilettentür hinter sich abschließen! So fühlte ich mich kurzfristig in Sicherheit, konnte durchatmen und darüber nachdenken, welcher Weg mich aus dieser Falle herausführen würde. Auch draußen auf der Straße war der Geräuschkulisse nach, die bis in den Keller vordrang, einiges los. Ich hörte immer wieder Sirenengeheul und lautes Geschrei. Was da wohl passierte?

Auf dem Klo sitzen zu bleiben, bis Goliath samt Gefolge den Laden verlassen hat, war keine gute Idee. Wer weiß, wie lange die blieben? Ich inspizierte das Fenster. Es war zwar ziemlich schmal, aber zur Not würde ich mich durchzwängen können. Dabei gab es allerdings das Problem, dass meine Klamotten inklusive Brieftasche mit Papieren und Visitenkarten in dem Spind im Umkleideraum steckten. Als Alternative bot sich an, einfach freundlich grüßend oben rauszuspazieren. Hätte ich die Papiere bloß zu Hause gelassen! Noch während ich auf der Schüssel saß und die verschiedenen Optionen überdachte, betraten zwei Männer den Raum und stellten sich ans Pissoir. Während es so vor sich hin plätscherte, unterhiel-

ten sie sich stark sächselnd, und was ich da hörte, ließ mich zusammenzucken.
„Ärgerlich, die Sache mit dem Bock."
„Bedauerlich, dass wir doch noch mal zu solchen Mitteln greifen mussten, eigentlich hatte ich gedacht, diese Zeiten seien längst vorbei."
„Wie sagte Erich noch? Der Untergang des Sozialismus wird zum Sieg über den Kapitalismus. Und der Kampf verlangt manchmal Opfer."
„Sozialismus, Kapitalismus, egal. Der Mann wurde zum Risiko, er hätte garantiert nicht dichtgehalten."
„Meine Meinung, beim kleinsten Druck wäre er umgefallen."
„Egal, das ist nun erledigt, lass uns einen netten Abend haben."
Ich hörte die Wasserspülung rauschen, dann verließen die beiden den Toilettenraum.
Also war Dr. Bock doch keines natürlichen Todes gestorben. Offensichtlich waren diese Leute, wer auch immer sie waren, nicht zimperlich bei der Lösung ihrer Probleme. Mir brach der Schweiß aus, obwohl ich gar nicht mehr in der Sauna saß. Jetzt sprach doch einiges dafür, dass es unbedingt besser wäre, hier auf keinen Fall erwischt zu werden, Papiere hin oder her. Ich öffnete das Toilettenfenster so weit es ging, stellte mich auf das Klobecken und zog mich so weit hoch, bis ich auf dem Fenstersims saß. Da es sich um ein Kellerfenster unter dem Niveau der Straße handelte, gab es noch zusätzlich eine Gitterabdeckung. Ich kroch durch das schmale Fenster, kauerte in dem Fensterschacht und drückte von unten das Gitter hoch, wobei Mengen von Dreck und ein paar Kellerasseln, Käfer und Spinnen auf mich herabrieselten. Zum Glück musste gerade niemand aufs Klo, denn sonst wäre meine Aktion aufgefallen. Schnell stieg ich aus

dem Schacht und landete auf dem Fußweg. Bevor ich erleichtert aufatmen und mir Gedanken machen konnte, wie es nun weitergehen sollte, überrollten mich mal wieder die Ereignisse. Ich hatte ja schon die ganze Zeit über gehört, dass draußen auf der Straße vor der „Funny-Sauna" irgendetwas im Gange war, wusste aber nicht, was da los war, und hatte dies auch wegen meiner drängenden Probleme ausgeblendet. Jetzt ging das nicht mehr. Denn während ich mit meiner Bruno Banani in dem Saunaclub nahezu perfekt gekleidet war, galt dies nicht für die Demo gegen Dehmel & Brüll. Direkt vor der „Funny-Sauna" lieferte sich eine Gruppe jugendlicher Demonstranten ein Scharmützel mit der Polizei und ich stand in Unterhose und Badelatschen mittendrin. Als mich der scharfe, kalte Strahl des Wasserwerfers traf, fühlte ich mich geradezu erfrischt. Nach Sauna und Hot-Tub gehörte ein kalter Abguss doch zu einem gelungenen Wellness-Abend.
Hinter einem der geparkten Autos waren ein paar junge Leute in Deckung gegangen.
„Ey, was ist das denn für einer?", hörte ich einen von ihnen rufen.
„Keine Ahnung, 'n Perverser."
Ich nahm an, dass über mich gesprochen wurde, und drehte mich um.
„Sie schon wieder", sagte das Mädchen, dem ich auf dem Dom ein Bein gestellt hatte.
„Du kennst den Typ?"
„Kennen ist zu viel gesagt", sagte sie, „wir sind uns neulich auf dem Dom begegnet."
„War er da auch in Unterhose?"
„Nein, aber ich glaube, er ist ganz in Ordnung."
„Wenn du meinst."
„Kann mir einer einen Mantel leihen? Ihr seht doch, ich habe echt ein Problem."

„Der Mann ist Detektiv“, erklärte das Mädchen ihren Freunden.
„Ey, Alter, siehst du hier jemanden, der einen Mantel trägt?“
Es war ein lauer Sommerabend, Mäntel waren nicht angesagt.
„Okay Leute, dann muss ich jetzt mal die Seite wechseln, macht's gut.“ Ich rannte mit hoch erhobenen Händen los, rüber zum Block der Polizei, der mit Schilden und Schlagstöcken geschlossen weiter vorrückte. Zum Glück hielten sie mich nicht für einen irren Selbstmordattentäter in Badelatschen und mit einer Bombe in der Unterhose, sodass ich nicht niedergeknüppelt, sondern mit Befremden, aber freundlich in Gewahrsam genommen wurde. Ich bekam eine Decke und sollte im Arrestwagen zwischengelagert werden. Ich bat darum, sofort bei Hauptkommissar Ariano Clepper von der Mordkommission anzurufen und mich mit ihm reden zu lassen. Natürlich waren die Beamten, die mit der Demo schon genug zu tun hatten, nicht begeistert, sich auch noch um die Wünsche eines halbnackten Privatschnüfflers kümmern zu müssen, der sich nicht einmal ausweisen konnte. Aber die Abteilung Mordkommission schien ihnen doch wichtig genug, dass sie meinem Wunsch nachkamen.
„Das wird bei dir allmählich zur Gewohnheit, dass du von den Kollegen aufgegriffen wirst“, sagte Ariano.
Ich schilderte ihm kurz, was geschehen war. „Du musst herkommen, dann müsst ihr unter irgendeinem Vorwand in die Funny Sauna und meine Sachen unbemerkt rausholen.“
„Ich komme sofort, bleib wo du bist.“
Was sollte ich auch Anderes tun?

14

Zwanzig Minuten später traf Ariano mit Gatto, Kurry und Ketchup ein. Zwar waren alle etwas genervt, so spät am Abend noch mal aktiv werden zu müssen, aber zu ihrer Entschädigung trug meine missliche Lage bei. Als sie mich in Bruno Banani und Badelatschen im Streifenwagen sitzen sahen, schlug die allgemeine Erheiterung hohe Wellen und ich wurde zur Zielscheibe ihrer Frotzeleien, was besonders Kurry und Ketchup genossen, die die gute Gelegenheit nutzten, mir meine Scherze auf ihre Kosten heimzuzahlen. Ariano hatte mir Hemd und Hose aus seiner Garderobe mitgebracht. Zwar war mir beides ein paar Nummern zu groß, aber ich schnallte den Gürtel eng, schlug die Hose unten um und krempelte die Ärmel auf.
Während in unserer unmittelbaren Umgebung noch immer lautstark der Straßenkampf tobte, schilderte ich, was ich in der „Funny Sauna“ gesehen und gehört hatte.
„Okay, gib mir deinen Spindschlüssel. Du wartest hier, während wir reingehen. Der Verdacht, dass gewaltbereite Demonstranten auf der Flucht durch das Kellerfenster eingedrungen sind, sollte genügen, Chorkowski davon zu überzeugen, uns auch ohne Durchsuchungsbeschluss Zugang zum Club zu gewähren.“
Während um mich herum das blanke Chaos tobte, wartete ich mit zum Zerreißen angespannten Nerven im Streifenwagen und hoffte, dass alles gut funktionierte. Eine gefühlte Ewigkeit später war Ariano wieder da und gab mir meine Klamotten.
„Alles klar“, sagte er, „die Sache ist problemlos gelaufen, Chorkowski hat nichts gemerkt. Wir haben ihm das offene Toilettenfenster und das aufgedrückte Schachtgitter

gezeigt. Mehr noch als die Polizei fürchtete er wohl Chaoten in seinem Laden, deshalb hat er der Durchsuchung sofort zugestimmt. Wir haben ihm versprochen, dabei möglichst diskret vorzugehen, um seine Gäste nicht allzu sehr zu verschrecken. Während Gatto und ich unter seiner Führung die Runde gemacht haben, hat Ketchup deine Sachen aus dem Spind geholt und den Schlüssel stecken lassen."

„Mein Gott", sagte Gatto, „ich habe ja schon viel gesehen, aber manchmal bin ich noch immer zu überraschen. Habt ihr den Typ in der römischen Legionärskluft gesehen? Das glaubt einem doch keiner."

Während die anderen sich wie eine Horde Schuljungen über das Gesehene amüsierten, zog ich mich um.

„Wir fahren ins Präsidium. Dort besprechen wir unser weiteres Vorgehen. Ich habe ehrlich gesagt noch keine vernünftige Idee, womit wir es hier zu tun haben."

„Das war knapp", sagte ich und blickte in die Runde, „vielen Dank, dass ihr mich da rausgeholt habt."

„Immer wieder gerne, Freddie", sagte Kurry, „oder sollen wir dich ab jetzt Bruno Banani nennen?"

„Jetzt musst du aber mal erzählen, was du da unten in dem Keller getrieben hast", sagte Ketchup.

„Nichts", sagte ich, „ich bin ja nicht zum Vergnügen dort gewesen."

„Red dich nicht raus. Du hast doch bestimmt deine Salami in den Flur geschmissen!"

Ich staunte über Ketchups skurrile Ausdrucksweise. „Ich schwör's euch, ich habe nichts gemacht, nur ermittelt."

„Ja, ja ... Habt ihr die Folterkammer gesehen?" Gatto schüttelte den Kopf. „Was manche Leute freiwillig mitmachen, nicht zu fassen." Wieder wurde wild gewiehert und alle redeten durcheinander.

„Leute“, ermahnte Ariano sein Team, „es ist schon spät und wir wollen nach Hause, lasst uns bei der Sache bleiben. Also, was wissen wir?“

Ich ergriff das Wort. „Goliath Dehmel war nicht wie angekündigt in London und niemand außer Loreley wusste darüber Bescheid. Warum belügt er seine Mitarbeiter und seinen Geschäftspartner? Und wir wissen jetzt mit Sicherheit, dass Dr. Bock auf äußerst raffinierte Weise umgebracht wurde, obwohl es wie ein natürlicher Tod aussah.“

„Aber wie kommen wir weiter?“ Gatto hatte die Hände hinter dem Kopf gefaltet und sah an die Decke.

„Auf Anhieb kann ich das auch nicht sagen, aber ich habe eine Idee.“ Alle Augen richteten sich auf mich.

„Erst einmal brauchen wir einen Durchsuchungsbeschluss für die „Funny-Sauna“. Dabei muss die verschlossene Tür im Obergeschoss geöffnet werden.“ Jetzt sprach ich Ariano direkt an. „Du könntest inzwischen Charona bei der Baubehörde bitten, uns die Grundrisse des Gebäudes zu besorgen. Außerdem würde mich interessieren, was für Immobiliengeschäfte Goliath Dehmel im Jahre 1978 in Hannover mit der Landesregierung gemacht hat. Auch da müsste sie uns doch weiterhelfen können.“

Ariano nickte.

„Darüber hinaus brauchen wir so viele Informationen wie möglich über sein Leben in der DDR, bevor er in den Westen gekommen ist.“

Ariano machte sich Notizen. „Aber was denkst du, steckt dahinter?“

„Bisher bin ich die ganze Zeit davon ausgegangen, dass hinter der Indiskretion, die zu dem Erpressungsversuch geführt hat, eine von Goliaths Frauengeschichten steckt, wobei ich insbesondere Loreley Lasch und Gesine Bohrschleck im Sinn hatte. Inzwischen sehe ich das etwas

anders, es besteht zumindest die Möglichkeit, dass jemand Goliath aus anderen Gründen schaden wollte."
„Du meinst Gründe, die noch mit seiner Zeit in der DDR zusammenhängen?"
„Genau, ich glaube inzwischen, dass wir es hier mit alten Stasi-Seilschaften zu tun haben."
Jetzt redeten wieder alle durcheinander. Während die einen von „absurden Verschwörungstheorien" sprachen, von „haltlosen Hirngespinsten", sprangen die anderen wie aufgedreht darauf an.
„Ruhe, Leute!" Ariano versuchte, die abrupt in Aufruhr geratenen Wogen zu glätten. „Wir wissen bisher fast nichts, eine Theorie ist so gut wie die andere. Außerdem ist es schon spät, wir sollten Feierabend machen."
Mein Freund fuhr mich nach Hause. „Ich gebe zu, ich habe auch schon an so etwas gedacht", sagte er im Auto, „als der Pathologe mit dieser Mikrowellensache anfing. Im Internet fand ich zu diesem Thema immer wieder die Verbindung zur Stasi. Auch das Foto, das du mir geschickt hast, weist auf eine Verbindung zum Ministerium für Staatssicherheit hin. Onkel Günter ist nämlich kein andere als Günter Guillaume, der Spion im Bonner Bundeskanzleramt, über den damals Willi Brandt gestolpert ist."
An das Foto hatte ich in der Aufregung der letzten Stunden gar nicht mehr gedacht. „Stimmt. Wie konnte ich das nur vergessen?" Ich schlug mir mit der flachen Hand an die Stirn. „Deshalb kam mir der Mann auf Anhieb bekannt vor. „Natürlich habe ich sein Foto irgendwann mal in der Zeitung oder im Internet gesehen. Und der wird von Loreley als Onkel Günter bezeichnet. Das warf ein völlig neues Licht auf die Beziehung zwischen Goliath und Loreley und lieferte auch eine mögliche Erklärung für die Abwesenheit seiner Zahnbürste in ihrem Bad. Loreley

war gar nicht Goliaths Geliebte. Jetzt verstand ich auch ihre amüsierten Bemerkungen, als ich von ihrem Abhängigkeitsverhältnis sprach.
„Diese Mikrowellen-Verschwörungstheorien im Internet habe ich auch gelesen", fügte ich noch hinzu, „und außerdem stammen ziemlich viele der Beteiligten unserer illustren Runde aus der ehemaligen DDR. Die beiden Männer, die ich in der Toilette der „Funny-Sauna" belauscht habe, haben gesächselt und einen 'Erich' zitiert."
„Da stehen ja zwei zur Auswahl, Mielke und Honecker. Ich rede gleich morgen früh mit Charona. Du siehst geschafft aus, erhole dich von dem Stress heute Abend."
Wir waren inzwischen bei mir angekommen und ich stieg aus.
„Wir sollten möglichst schnell bei der Birthler-Behörde in Berlin nachprüfen, was es über unsere Leute hier gibt – Goliath Dehmel, David Brüll, Jens Draeger, Michael Chorkowski, Loreley Lasch und Gesine Bohrschleck."
„Eigentlich kann es doch keine großen Geheimnisse mehr geben. Schon in den Neunzigerjahren ist das alles aufgearbeitet worden. Erkenntnisse aus den Rosenholz-Unterlagen sind in zahlreichen Spionageprozessen und Ermittlungsverfahren eingesetzt worden." Ariano wirkte sehr nachdenklich.
„Ich glaube, da schlummern noch viele Geheimnisse, man muss nur die richtigen Fragen stellen."
„Außerdem ist in den letzten Tagen vor der Wende sehr viel Material vernichtet worden – wahrscheinlich die brisantesten Papiere zuerst."
„Wir müssen es wenigstens versuchen."
Ich warf die Autotür zu und Ariano gab Gas. Er hatte recht, mittlerweile war ich echt groggy. Zu Hause angekommen, begab ich mich sofort in die Horizontale.

15

Am nächsten Morgen konnte ich nicht viel tun. Wir würden wohl mindestens einen Tag lang auf Antwort aus Berlin warten müssen. Blieb zu hoffen, dass Anfragen der Mordkommission bevorzugt bearbeitet wurden. Ich schlief lange und ging dann zum Einkaufen. Bald meldete sich aber doch mein Handy und Charona war dran.

„Hallo, Freddie, bei euch brennt mal wieder die Hütte und ihr braucht ganz schnell ein paar Infos?"

„Sorry Charona, daran bin vor allem ich schuld, ich hoffe, dass wir deine Gefälligkeit nicht über Gebühr beanspruchen." Charona, Mitarbeiterin der Baubehörde und Arianos Freundin, hatte uns bei meinem ersten Fall schon einmal entscheidend unterstützt.

„Nein, ist schon in Ordnung, ich finde eure Arbeit ja selber sehr spannend und bin gerne dabei. Mich packt dann auch das Jagdfieber." Sie lachte. „Am liebsten würde ich bei euch mitmachen, statt immer hinter meinem Schreibtisch zu sitzen. Ich denke noch immer gerne an unseren gemeinsamen Ausflug in die Hamburger Unterwelten."

„Das kann ich mir gut vorstellen. Hast du denn etwas herausgefunden?"

„Aber klar. Den Grundriss des Hauses in der Virchowstraße habe ich an Ariano und dich gemailt. Der erste Stock gehört vollständig zur „Funny-Sauna". Besitzer des Gebäudes sind übrigens Dehmel & Brüll."

„Das hatte ich schon fast erwartet. Aber der Betrieb des Clubs findet nur im Erdgeschoss und im Keller statt, der Zugang zum ersten Stock ist verschlossen."

„Schwieriger war eure zweite Anfrage. Ich habe für das Jahr 1978 im elektronischen Archiv nichts über größere

Transaktionen von Goliath Dehmel in Hannover gefunden. Das bedeutet entweder, dass es solche Transaktionen nicht gegeben hat, oder dass die Immobilienkäufe und Verkäufe unter einem anderen Namen, zum Beispiel einem Firmennamen, abgewickelt worden sind. So habe ich das Suchschema geändert und mir alle Verkäufe auswerfen lassen, die eine gewisse Größe überschreiten, aber da war nichts dabei, was auf Dehmel gepasst hätte. Deshalb würde ich vermuten, dass es damals kein Geschäft gegeben hat."

„Du meinst, Goliath Dehmel hat sich die Geschichte aus den Fingern gesogen?"

„Sieht so aus."

„Das war genau das, was ich wissen wollte. Du hast uns sehr geholfen."

„Schön, das freut mich. Wenn ihr ein bisschen mehr Ruhe habt, können wir mal wieder was zusammen unternehmen, vielleicht ja auch zu viert. Ariano sagt, du hast eine nette neue Mitarbeiterin."

„Hinter der seine halbe Abteilung her ist." Wir lachten beide. „Und danke noch mal."

„Gerne, bis bald."

Allmählich wurde mir etwas mulmig. Schließlich war ich nicht angetreten, um gegen meinen Auftraggeber zu ermitteln. Andererseits handelte es sich streng genommen ja nur um meinen halben Auftraggeber, denn anscheinend hatte Dehmel seinen Partner zumindest einmal belogen. Es müsste also in Brülls Sinn sein, die Wahrheit herauszufinden. Wahrscheinlich stammte das Startkapital für D & B aus der DDR und Dehmel hat sich die Sache mit dem guten Geschäft in Hannover nur ausgedacht, um die Herkunft des Geldes zu verschleiern. Außerdem schwante mir, dass die ganze Sache durchaus gefährlicher war, als ich zunächst angenommen hatte. Ich verabredete mich mit

Ariano zum Mittagessen beim „Bok“ am Bahnhof Altona. Neuerdings hatte ich nämlich eine Vorliebe für scharfe thailändische Kokosmilch-Eintöpfe mit Huhn oder Garnelen entwickelt. Außerdem konnte man bei dem guten Wetter dort auch draußen essen und das bunte Treiben vor dem Bahnhof betrachten. Außer dem obligatorischen Infostand der BEBA deutete heute nichts auf die Querelen um den Bahnhof hin.

„Manchmal beneide ich dich um deine Freiheit“, sagte Ariano, „als Privater kannst du tun und lassen, was du willst.“

„Dafür hast du ein regelmäßiges Einkommen, einen Dienstwagen und kannst den ganzen Polizeiapparat benutzen. Aber wenn du willst, kannst du jederzeit bei der ‘Quaestoria’ einsteigen.“

„Ich nehme dich irgendwann beim Wort“, sagte Ariano lachend.

„Besser nicht. Ein Privatschnüffler ohne einen Freund bei der Polizei hat kaum Chancen“, erwiderte ich. „Obwohl es auch nicht schlecht wäre, einen Partner zu haben.“

„Immerhin hast du jetzt eine gute Mitarbeiterin.“

„Darüber bin ich auch sehr froh.“

„Ich denke, das kannst du auch sein, Celine macht auch auf mich einen sehr guten Eindruck. Aber jetzt lass uns kurz über die Lage bei Dehmel & Brüll sprechen. Dehmel hat seinen Partner damals also angelogen, was die Herkunft seines Kapitals betraf, aber das muss nicht zwangsläufig heißen, dass es sich um DDR-Gelder gehandelt hat.“ Ariano tauchte einen Löffel mit Reis in die Schale mit dem Eintopf.

„Richtig, aber die Wahrscheinlichkeit ist groß. Wo sollte der junge Republikflüchtling in so kurzer Zeit sonst so viel Geld hernehmen. Ich glaube, dass Dehmel gar kein Flüchtling war, sondern mit einem Spezialauftrag in den

Westen geschickt wurde, um hier eine Firma und ein Spionagenetzwerk aufzubauen. Nach der Wende hat die geheim operierende Gruppe weitergemacht, jetzt aber in die eigene Tasche gewirtschaftet."

„Starker Tobak. Das klingt abenteuerlich. Und selbst wenn es so wäre, ist das heute alles längst nicht mehr strafbar."

„Das nicht", sagte ich, „aber Bestechung und der Mord an Dr. Bock."

„Glaubst du jetzt doch an Bestechung?"

„Wo soll Bock sonst das Schwarzgeld hergehabt haben. Ich vermute, das Geld kam von Goliath Dehmel, aber nicht über die Verrechnung mit Draeger, sondern in bar. Wahrscheinlich hat David Brüll nicht einmal davon gewusst, denn fürs Grobe war wohl eher Dehmel zuständig. Der entscheidende Fehler war dann, dass Bock ausgerechnet Draeger ohne Rechnung für sich arbeiten ließ. Da hat der Bock einen echten Bock geschossen. Das hat jemand erfahren, der zwei und zwei zusammenzählen konnte und Dehmel & Brüll eins auswischen wollte. Das ist auch die einzige plausible Erklärung, warum sie Bock aus dem Weg geräumt haben. Der Mann war ein Risiko, weil er kurz davor war, die Nerven zu verlieren und die Bestechung zuzugeben."

„Also hat Bock die Hand aufgehalten, D & B hat ihn geschmiert und Bock hat die Knete für die Renovierung seines Hauses ausgegeben. Hätte Bock nicht ausgerechnet Draegerbau schwarz bezahlt, wäre wahrscheinlich nie etwas herausgekommen."

„Genau. Die Behauptung, dass Draegerbau Bocks Haus als Gefälligkeit für D & B umsonst saniert hat, war so nicht zu widerlegen, denn es gab ja keine Belege."

„Aber wir werden die Bestechung auch nicht nachweisen können, denn Bock kann sie ja nicht mehr gestehen."

„Und genau deshalb musste er sterben, denn er war nach der Veröffentlichung der Vorwürfe mit den Nerven am Ende."
„Auch der Mord ist kaum nachzuweisen. Ich kenne keinen Richter, der Mikrowellen als Tatwaffe akzeptiert. Wer so etwas behauptet, läuft Gefahr sich lächerlich zu machen."
„Ganz schön vertrackt." Mein Eintopf drohte über unserer Diskussion kalt zu werden, mein Kopf hingegen lief langsam heiß. „Vielleicht hast du recht und wir können nichts beweisen, aber wir sollten es zumindest versuchen." Wir schwiegen eine Weile und konzentrierten uns auf unsere leckeren Speisen.
„Was ist mit dem Mord an Spartakus Schlenz? Hat die Untersuchung von Crix Schnabels Schuhen etwas ergeben?"
„Nichts, es gab keinen Marmorstaub und auch keine Hinweise darauf, dass ihm etwas Schweres auf den Fuß gefallen ist. Seine Aussage, dass er sich nachts gestoßen hat, als er barfuß aufs Klo gehen wollte, scheint zu stimmen."
„Scheiße", entfuhr es mir enttäuscht, „ich hätte geschworen, dass er es war. Was ist mit den Spuren von Vitamin A? Hat einer unserer Verdächtigen ein Problem mit Verhornungen?"
„Jedenfalls nicht Crix Schnabel. Ansonsten weiß ich es nicht. Wir stochern noch immer im Dunkeln", sagte Ariano.
„Ja, vielleicht", widersprach ich, „ich habe aber trotzdem das starke Gefühl, dass wir kurz vor einem Durchbruch stehen, ich weiß nur noch nicht wie er aussieht."
„Dein Instinkt in allen Ehren, aber vor Gericht zählen nur Beweise und da haben wir viel zu wenig vorzuweisen. Ich bekomme übrigens noch heute einen Durchsuchungsbeschluss für die 'Funny-Sauna'. Hat mich ziemlich viel

Überzeugungsarbeit gekostet. Dem Richter haben meine Argumente nicht ausgereicht. Hoffentlich finden wir was, sonst stehe ich ganz schön im Regen."
„Da oben muss es wichtiges Material geben, warum ist sonst die ganze Etage abgeriegelt?"
„Wir wissen nicht mal, wonach wir suchen."
„Zum Beispiel Mikrowellenwaffen", sagte ich und lachte. Ariano knurrte. „Verarschen kann ich mich selber."
Dabei hatte ich das ernst gemeint. Ich konnte an diesem Tag nicht mehr viel tun und fuhr hinunter an die „Strandperle". Ich dachte kurz daran, mich bei Sandra zu melden, hielt es dann aber doch für besser, es bei dem einmaligen gemeinsamen Vergnügen zu belassen.
Später am Nachmittag rief Ariano noch mal an, um mir zu sagen, dass die Durchsuchung des Sauna-Clubs nichts gebracht hatte. Der erste Stock war vollkommen leer und das war laut Mischa schon seit Jahren so. Seltsam war nur, dass die leeren Räume blitzsauber geputzt waren und es nicht einen Fingerabdruck oder Papierkrümel dort gab. Selbst der Strom war abgestellt. Der gesamte erste Stock sah so aus, als wäre er noch nie von einem menschlichen Wesen betreten worden. Anscheinend hatten Mischa und seine Freunde nach dem Besuch der Polizei am Freitag doch Lunte gerochen und blitzartig, dabei beängstigend professionell, ihre Zelte dort abgebrochen.
„Die Steuerfahndung hat doch die Betriebsunterlagen der Draegerbau beschlagnahmt, ich würde gerne mal was nachprüfen. Kannst du mir Zugang zu den Akten verschaffen?"
„Hey, du tickst wohl nicht richtig", sagte Ariano. „Was glaubst du, werden die Kollegen sagen, wenn ich vorschlage, dass ein Privatschnüffler sich bei ihnen Akteneinsicht verschaffen will. Die lachen mich aus."
„Dann musst du dahin … oder einer deiner Leute. Wir

brauchen eine Liste aller Mitarbeiter der Draegerbau für den Zeitraum vor drei Jahren, als Dr. Bocks Haus saniert wurde. Vor allem interessieren mich Aushilfen und Zeitarbeiter. Vielleicht finden wir etwas in den Personalabrechnungen, was uns weiterhilft."

„Es sei denn, es waren Schwarzarbeiter", sagte Ariano.

„Ich meine nicht die Arbeiter auf dem Bau, sondern Büroaushilfen", sagte ich, „Leute, die Kopien von Stundenzetteln machen konnten und denen aufgefallen sein könnte, dass es nie eine Rechnung zu dieser Baustelle gegeben hat."

„Okay, das kann nicht allzu schwer sein, ich werde Ketchup morgen früh rüberschicken."

„Alles klar, du meldest dich, wenn es Neuigkeiten gibt?"

„Keine Sorge", sagte Ariano, „ich halte dich auf dem Laufenden."

16

Am Abend fuhr ich zu meinen Eltern. Fast hätte ich ihre Einladung zum Grillen vergessen. Auch meine beiden Schwestern waren gekommen, Phoebe mit ihrem Mann Thomas und ihren beiden Töchtern Lisa und Lena und Daphne, die gerade dabei war, sich von ihrem Mann scheiden zu lassen, mit ihrem zehnjährigen Sohn Henning. Beide Schwestern sind deutlich älter als ich, der ich als Nachzügler und Nesthäkchen zur Welt gekommen war. Meine Mutter freute sich, die ganze Familie beisammen zu haben, und hatte mächtig aufgetischt, wobei sich alle immer besonders über ihren selbstgebackenen Käsekuchen freuten, den es zum Nachtisch gab. Wir saßen draußen auf der Terrasse, die Kinder spielten im Garten, die Stimmung war gut.

„Ich habe gehört, du hast einen neuen Auftrag?“ Meine Schwester Daphne kaute mit vollem Mund ihren Käsekuchen und spülte mit einem Schluck Kaffee hinterher. „Ist er spannend? Magst du erzählen?“

„Ist eine ziemlich vertrackte Geschichte“, sagte ich, „sicherlich habt ihr in der Zeitung von der Erpressung und den Bestechungsvorwürfen gegen den Großinvestor gehört, der für die Umsiedlung des Bahnhofs Altona und den Bau des neuen Viertels auf dem freiwerdenden Bahngelände den Zuschlag bekommen hat.“

„Eine Riesensauerei ist das“, hakte mein Schwager Thomas ein, „da zeigt sich doch wieder, wie überall mit gezinkten Karten gespielt wird. Wir werden von der Politik und den Großkonzernen von vorne bis hinten belogen.“

„Dieser Großinvestor hat mich angeheuert, die Leute zu

finden, die hinter der ganzen Sache stecken, und das zieht verdammt weite Kreise, ich vermute sogar, dass alte Stasi-Seilschaften darin verwickelt sind."

„Die sind noch aktiver, als die Öffentlichkeit glaubt", sagte meine Schwester Phoebe, "ich habe erst neulich im Tagesspiegel gelesen, dass es im öffentlichen Dienst noch etwa 17.000 Angestellte mit Stasi-Vergangenheit gibt. Das ist doch ein Schlag ins Gesicht der Opfer von damals."

„Das ist nicht anders als bei den Nazis, davon gab es nach dem Krieg auch noch Mengen, selbst in hohen politischen Positionen und in der Wirtschaft sowieso, Flick und Konsorten." Thomas schüttelte den Kopf.

„Wer was anderes erwartet, ist doch ziemlich naiv. Aber ich finde, man kann die Nazis und die Sozialisten nicht in einen Topf werfen. Immerhin waren die Kommunisten in der DDR Idealisten, die an eine bessere Welt geglaubt haben." Ich lud mir noch ein Stück Kuchen auf den Teller.

„Ich frage mich, was Karl Marx gesagt hätte, wenn er die Gelegenheit gehabt hätte, Aufstieg und Fall des real existierenden Sozialismus in der Sowjetunion und in der DDR zu mitzuerleben."

„Ich glaube, Marx würde sich im Grabe umdrehen, wenn er wüsste, was im 20. Jahrhundert alles in seinem Namen geschehen ist."

„Wie hat er im Manifest noch gesagt: „An die Stelle der alten bürgerlichen Gesellschaft mit ihren Klassen und Klassengegensätzen tritt eine Assoziation, worin die freie Entfaltung eines jeden die Bedingung für die freie Entwicklung aller ist."

„Und genau das Gegenteil fand in der DDR und im gesamten Ostblock statt. Die freie Entfaltung des Individuums gab es nicht." Mein Vater liebte solche Gespräche.

„Marx hat ja mit vielen seiner Analysen recht gehabt, aber der real existierende Sozialismus hat ihn dann wohl in der

Konsequenz widerlegt."
„Aber ich glaube, über den Kapitalismus ist das letzte Wort auch noch nicht gesprochen", meinte Thomas. „Wir sind doch voll auf dem Weg in einen Monopolkapitalismus globaler Ausprägung." Er lachte und hob die geballte Faust. „Spekulanten aller Länder vereinigt euch!"
„Sind das nicht ziemlich gefährliche Leute, mit denen du es da zu tun hast?", fragte Daphne.
„Wir haben schon zwei Leichen", sagte ich trocken.
„Lass das nicht die Mutter hören", sagte mein Vater, „die kann sonst vor Sorge wieder nicht schlafen."
„Die Mama hört doch nichts", sagte ich, wobei sie im direkten Gespräch von Angesicht zu Angesicht doch noch ganz gut verstand, was gesagt wurde. Außerdem bekam sie es immer mit, wenn über sie gesprochen wurde.
„Was hat der Junge gesagt?", fragte sie meinen Vater.
„Er hat viel zu tun im Moment, in seinem komischen Beruf."
Mein Vater, ein pensionierter Deutschlehrer vom Gymnasium und passionierter Fan griechischer Versmaße und deutscher Klassiker, wofür er früher bei seinen Schülern gefürchtet war, schätzte meine Berufswahl nicht besonders.
„Hast du wieder eine Freundin?", fragte meine Mutter mich.
„Nein, Mama."
„Warum hast du sie nicht mitgebracht?"
Meine Mutter vermutete immer, dass ihr Kleiner, also ich, unter schlimmen Anfällen von Einsamkeit litt, und wünschte deshalb sehnlichst, wieder eine Frau an meiner Seite zu sehen.
„Ich habe keine Freundin, Mama", stellte ich deshalb klar, „und im Moment kann ich auch keine gebrauchen."

„Papperlapapp, keiner ist gerne allein."
„Ich hab doch meine Fische", wandte ich ein.
„Was soll denn das Gezische?"
„Nicht Gezische, Mama, Fische."
„Wieso Fische?"
„Papa erzählt dir später in Ruhe, was ich gesagt habe." Ich bemühte mich, das Thema schnell wieder loszuwerden, und spielte noch ein bisschen Fußball mit den Kindern. Dann machte ich mich dann auf den Heimweg. Alles in allem war es aber ein angenehmer Abend, ich war meinen familiären Pflichten endlich wieder nachgekommen und es hat gar nicht weh getan.
Das erste Mal fiel mir der schwarze BMW schon in der Straße meiner Eltern auf. Der Wagen parkte ein paar Häuser weiter. Ich weiß nicht, was daran so ungewöhnlich war, vielleicht war es auch nur mein Instinkt. Ich setzte mich hinters Steuer und gab Gas, wobei ich im Rückspiegel den BMW im Auge behielt. Nichts geschah, ich glaubte schon, mich getäuscht zu haben. Ein paar Minuten später sah ich ihn dann doch wieder im Rückspiegel, allerdings so weit hinter mir, dass nur den wenigsten die Verfolgung aufgefallen wäre. Ich fühlte mich ziemlich ungemütlich. Wer auch immer da hinter mir her war, es handelte sich um absolute Profis, die nun außerdem wussten, wo meine Eltern wohnten. Und ich hatte nicht einmal eine Waffe. Vielleicht sollte ich meine strikte Weigerung, eine Pistole bei mir zu tragen, doch überdenken. Aber im Augenblick war es dazu zu spät. Was also sollte ich tun? Ich nahm mein Handy und wählte Arianos Nummer.
„Freddie, was ist los? Kennst du keinen Feierabend?"
„Ich schon", sagte ich, „aber die Typen, die hinter mir her sind, offenbar nicht."
Jetzt war Ariano hellwach. „Was für Typen?"

„Ich weiß es nicht", sagte ich. „Seit einer Weile werde ich sehr unauffällig von einem schwarzen BMW verfolgt."
„Wo bist du genau?"
„Auf der Osdorfer Landstraße stadteinwärts, etwa auf Höhe des Elbe-Einkaufszentrum. Ich komme von meinen Eltern."
„Fahr langsam", sagte Ariano, „lass dir Zeit. Ich schicke dir ein paar Kollegen, die euch unauffällig im Auge behalten und zur Not sofort eingreifen können."
„Danke", sagte ich erleichtert und legte auf. Dann nahm ich den Fuß vom Gas und fuhr so langsam weiter, wie es möglich war, ohne unangenehm aufzufallen. Meine Verfolger hatten sich weit zurückfallen lassen, dass ich zwischenzeitlich doch wieder glaubte, ich hätte mich getäuscht und litte unter gesteigertem Verfolgungswahn. Aber dann tauchten sie doch immer wieder im Rückspiegel auf. Schließlich kam ich zu dem Schluss, dass die Leute mich nicht verfolgten, weil sie herausfinden wollten, wohin ich fahre. Das wussten sie längst. Aber was führten sie dann im Schilde? Kurz vor der Autobahnauffahrt Bahrenfeld kam der schwarze Schlitten dann von hinten angerauscht. Ich hoffte, dass Arianos Leute schon in der Nähe waren, denn ich war sicher, dass es jetzt zur Sache gehen würde, wie auch immer. Als wir auf gleicher Höhe waren, sah ich hinüber, aber die getönten Scheiben blieben unten. Ich konnte nur schemenhafte Gestalten erkennen. Das war mir auch ganz lieb, denn ich hatte irgendwie damit gerechnet, dass jemand aus dem Beifahrerfenster das Feuer auf mich eröffnen würde. Stattdessen gab der Fahrer Gas und zog vor mir davon. Hatten die Typen etwa Verdacht geschöpft und Arianos Leute bemerkt? Noch während ich mich wunderte und bereits anfing, mich etwas zu entspannen, hörte ich vorne im Motorraum meines Autos so ein seltsames Klicken und

dann spritzte auch schon eine Stichflamme aus meiner Motorhaube. Ich ging sofort in die Klötze, öffnete noch während des Bremsens die Fahrertür und ließ mich aus dem noch rollenden Auto auf die Straße fallen. Glücklicherweise war ich langsam gefahren. Mein guter, alter Wagen rollte noch etwa 20 Meter weiter, während ich versuchte, so wenig Asphalt wie möglich mit meinem Gesicht von der Straße zu kratzen. Der Fahrer des Audi hinter mir riss in letzter Sekunde das Steuer herum und bremste. Dabei brach sein Wagen aus und krachte mit der Beifahrerseite gegen eine der Linden, die am Straßenrand vor sich hin rauschten. Fast gleichzeitig explodierte meine Kiste mit einem lauten Knall und ging nun vollständig in Flammen auf.

Ich lag auf der Straße und versuchte herauszufinden, ob noch alles an mir dran war. Als der Schock langsam nachließ, fing ich am ganzen Körper an zu zittern, aber außer blutenden Schürfwunden an Knien und Ellenbogen und einer Blessur an der linken Hand schien ich unverletzt zu sein. Mein Gott, das war knapp! Ich schaute auf mein lichterloh brennendes Auto. Besser hätte man es für keinen Hollywoodreißer abfackeln können. Der gesamte Verkehr auf der Osdorfer Landstraße war lahmgelegt. Ich richtete mich vorsichtig auf. Erste Passanten kamen, um Erste Hilfe zu leisten, aber auch Kurry und Ketchup tauchten auf. Aus der der Ferne näherte sich Sirenengeheul. Ich versuchte aufzustehen.

„Bleib liegen, Freddie“, ermahnte mich Kurry. „Jeden Moment muss der Notarzt eintreffen.“

„Ich bin okay“, sagte ich, „Glück gehabt.“ Ich schüttelte mich. „Da hat jemand schweres Geschütz aufgefahren, um mich aus dem Weg zu räumen.“

„Wie ist das passiert?“

„Als der schwarze BMW mich überholt hat, habe ich ein

merkwürdiges Geräusch unter meiner Motorhaube gehört und dann ging mein Wagen auch schon hoch."
„So'n Mist", sagte Ketchup, „die sind jetzt schon über alle Berge."
Ich nickte. „Ich habe mir auch kein Kennzeichen merken können. Alles ging viel zu schnell."
Inzwischen war auch die Feuerwehr eingetroffen und hatte mein brennendes Auto unter einer dicken Schicht Schaum begraben. Der Notarzt wollte mich in die Klinik verfrachten, aber ich horchte noch mal konzentriert in mich hinein und winkte ab. Vielmehr ließ ich mich von Kurry und Ketchup nach Hause fahren. Als ich endlich frisch geduscht und mit diversen Pflastern versehen im Bett lag, fragte ich mich, wer mich aus dem Weg räumen wollte, und mir fiel niemand anders ein als Goliath Dehmel. Offensichtlich wurden meine Nachforschungen ihm langsam lästig und störten seine bisher wohlgehüteten Kreise.

17

Als ich am nächsten Tag aufwachte, fühlte ich mich wie durch den Fleischwolf gedreht. Eine heiße Dauerdusche und ganz viel starker Kaffee brachten mich wieder einigermaßen in Form. Auch das Wetter war über Nacht umgeschlagen, ein scharfer Westwind zerrte an den frisch ergrünten Bäumen und trieb graue Wolken über die Stadt. Wenn ich nicht so scharf auf Neuigkeiten aus Berlin von der Birthler-Behörde gewesen wäre, wäre ich wahrscheinlich im Bett geblieben, aber so landete ich doch im Büro. Ich hoffte, dass Anfragen der Mordkommission mit Priorität behandelt wurden. Aber selbst wenn Berlin sich Zeit lassen sollte, so bestand immerhin Aussicht, dass Ketchup, der bei der Steuerfahndung die Personalbögen der Draegerbau durchsehen sollte, schnelle Ergebnisse lieferte. Und tatsächlich musste ich nicht lange warten, bis mein Telefon klingelte. Ariano war dran. „Unser Fax läuft hier gerade heiß, seitenweise Akten aus Berlin. Am besten kommst du rüber und wir sehen uns die Sachen gemeinsam an.“

„Bin schon unterwegs“, sagte ich. Ich schrieb noch eine kurze Nachricht für Celine, berichtete, dass ich einen „Unfall“ hatte und jetzt bei Ariano sei, um die Birthler-Akten durchzusehen. Dann rief ich ein Taxi und ließ mich nach Barmbek zum Polizeihauptquartier chauffieren. Obwohl die Beamten am Haupteingang mich inzwischen kannten, nahmen sie den Sicherheitscheck noch immer sehr genau. Um meine geschundenen Knochen zu schonen, nahm ich ausnahmsweise den Aufzug in den dritten Stock, wo Ariano und sein Team ihre Büros hatten. Die ganze Truppe saß lautstark diskutierend um den großen

Konferenztisch wie am Mittwochabend nach meinem beinahe misslungenen Besuch in der „Funny-Sauna". Als ich eintrat, verstummte die Runde und alle sahen mich an, als wäre ich aufs Heftigste ins Fettnäpfchen getreten.

„Was ist los, hat es euch die Sprache verschlagen? Sehe ich so schlimm aus?" Ich dachte, dieses merkwürdige Verhalten hätte mit dem gestrigen Abend zu tun.

Anstelle einer Antwort schob Ketchup mir ein Blatt Papier rüber, eine Aufstellung von Gehaltsabrechnungen der Draegerbau.

„Schau mal, wer vor drei Jahren während der gesamten Sommersemesterferien als Aushilfe bei der Draegerbau gearbeitet hat." Ariano sah bekümmert drein.

Ein schneller Blick auf den Bogen zeigte mir, warum.

„Ach, du liebe Güte", entfuhr es mir. „Das schockt!"

„Wir sollten keine voreiligen Schlüsse ziehen", sagte Ariano.

„Aber warum hat sie nichts gesagt?" Ich schüttelte den Kopf und las immer wieder den Namen: Celine Schattelein! „Sie hat doch gewusst, dass ich nach der undichten Stelle gesucht habe, nach der Person, von der Spartakus und Crix die Informationen hatten."

„Aber es kommt noch besser", sagte Ariano. „Gatto hat das Material aus Berlin überflogen und auch da taucht ihr Name auf."

Ich sah Gatto an, der in den Akten blätterte und mir schließlich eine Seite rüberreichte, die sich mit einem Mann namens Gernot Brenninger beschäftigte. Gernot Brenninger war ein Jugendfreund von Goliath Dehmel gewesen, wurde aber dann von ihm wegen einer angeblich geplanten Republikflucht denunziert und hat Jahre in Bautzen verbracht, wovon er sich nie wieder erholt hat. Die Familie zerbrach, seine Frau ließ sich scheiden und 1995 starb Brenninger verbittert nach langer Krankheit

Gernot Brenninger hatte eine Tochter namens Celine. Hertha Brenninger, Celines Mutter, hat ein zweites Mal geheiratet, Paul Schattelein, der auch Celine adoptiert hat.
„Donnerwetter! Dann hat es schon eine alte Verbindung zwischen Celine und Goliath Dehmel gegeben. Das lässt die Sache ja in einem ganz anderen Licht erscheinen.“
„Genau“, sagte Ariano.
„Und ich habe die ganze Zeit gedacht, es ginge um Eifersucht und Goliath Dehmels Frauengeschichten.“
„Über Goliath Dehmel gibt es nur sehr wenig Material, insbesondere nach seiner Übersiedlung in die BRD wird die Nachrichtenlage sehr dünn. Nach einer steilen Karriere im Ministerium für Staatssicherheit soll er dann plötzlich rübergemacht haben? Das kann ich mir nicht vorstellen“, sagte Gatto und blätterte wieder in seinen Unterlagen. „Erwähnt wird er noch mal im Zusammenhang mit einem Ferdinand Lasch aus Unkel, der wiederum in Verbindung mit Günther Guilleaume, dem Spion im Bundeskanzleramt im Umfeld von Willi Brandt, gebracht wurde. Lasch konnte damals nie etwas nachgewiesen werden.“
„Ferdinand Lasch aus Unkel? Der hat nicht zufällig eine Tochter namens Loreley?“
„Weiß ich nicht“, sagte Gatto, „das geht aus den Unterlagen hier nicht hervor.“
„Also ist die Beziehung zwischen Loreley und Dehmel eine ganz andere, als wir geglaubt haben“, sagte Ariano.
Ich nickte nachdenklich. „Loreley ist die Tochter eines seiner Mitstreiter aus MfS-Zeiten und tritt anscheinend bei Dehmel das Erbe ihres Vaters an.“
„Das klingt alles völlig absurd, das glaubt uns keiner“, warf Kurry ein.
„Es ist schon eine Ironie des Schicksals, dass Spartakus den Scharmützeln um alte Stasi-Geschichten zum Opfer

gefallen ist, während damals seine Eltern als alte MSB-Leute mit DDR-Geldern unterstützt wurden, die Goliath Dehmel mit seiner Firma verdient hat", sagte ich.
„Wie passt denn der Mord an dem Aktionskünstler jetzt in das Gesamtbild?", fragte Gatto.
„Das weiß ich noch immer nicht", sagte ich, „aber wie es aussieht, spricht jetzt doch sehr viel für Celine als Täterin."
„Wieso?" Kurry sah ziemlich mitgenommen aus. Noch vor wenigen Tagen war er mit der Hauptverdächtigen im Kino gewesen, hatte sich über die „Schtis" schlappgelacht und hätte am liebsten mit ihr Händchen gehalten.
„Gehen wir mal davon aus, dass Spartakus das Material über die Draegerbau von Celine bekommen hat, um Goliath Dehmel zu schaden und sich für ihren Vater zu rächen. Aber anstatt D & B damit bloßzustellen, will er es versilbern. Darüber ist Celine so aufgebracht, dass sie ihm im Streit die Venus über den Schädel zieht."
„Das könnte so gewesen sein", sagte Ariano, „aber wie können wir es beweisen?"
„Ist vielleicht gar nicht nötig", sagte ich, „wenn wir sie mit den Draegerbau-Abrechnungen und den Birthler-Dokumenten über Dehmel und ihren Vater konfrontieren, gesteht sie vielleicht."
„Möglich", sagte Ariano. „Wie soll es ansonsten weitergehen? Haben wir irgendetwas gegen Dehmel oder einen der anderen aus der Clique in der Hand?"
„Ich glaube nicht", antwortete Gatto, „jedenfalls noch nicht. Alles, was sich zu DDR-Zeiten oder kurz darauf abgespielt hat, ist rechtlich nicht mehr relevant. Außer der Mauerschützen ist niemand vor Gericht gestellt worden."
„Wir müssen uns erst einmal um Celine kümmern", sagte ich. „Wenn sie ins Büro kommt, findet sie meine Nachricht, dass ich hier bin und die Birthler-Dokumente

sichte. Dann ist ihr klar, dass wir über ihre Vergangenheit Bescheid wissen."

Ariano nickte und sprang auf. „Ich fahre mit dir in die 'Quaestoria'." Er blickte in die Runde. „Ihr anderen arbeitet in Ruhe noch mal das Stasi-Material durch, vielleicht gibt es doch noch Verwertbares."

Ich fuhr mit Ariano nach Ottensen. Um keine Zeit zu verlieren, schaltete er Blaulicht und Sirene ein. Der Wind war stärker geworden, und immer wieder peitschten Regenböen durch die grauen Straßen.

Trotz unserer großen Eile kamen wir zu spät, das Büro war leer. Auf meinem Schreibtisch klebte ein kleines gelbes Post-it: „Schade", stand da, „es hat mir Spaß gemacht, mit dir zu arbeiten. Ich wollte dich nie belügen, aber was sollte ich tun? Sei mir nicht böse …. leb' wohl, Celine."

„Verdammt noch mal", stieß ich hervor. „Das klingt nicht gut."

Ariano hatte bereits sein Telefon in der Hand und gab eine Fahndung nach dem Mädchen heraus. Kurry und Ketchup waren schon unterwegs zu ihr nach Hause. Ich hoffte, wir würden sie finden, bevor sie irgendwelche Dummheiten machte. Während Ariano zurück ins Präsidium fuhr, blieb ich in der „Quaestoria". Ich wusste noch nicht, wie ich Goliath Dehmel entgegentreten wollte. Immerhin war ich überzeugt davon, dass er versucht hat mich umzubringen. Auch war durch diesen Fall mein Verständnis von Schuld, Gerechtigkeit und Recht gehörig ins Wanken geraten. Celine hatte ihren Freund erschlagen, weil der sie verraten hatte. Dies war erst möglich geworden durch ein Unrecht, das Goliath Dehmel vor langer Zeit an ihrem Vater begangen hatte. Und war das wirklich ein Unrecht? Was, wenn Dehmel an den Sozialismus geglaubt und sich voll und ganz für den Sieg des Sozialismus über den Kapitalismus eingesetzt hatte? Was, wenn er das noch immer tat? Ich entschloss mich, Goliath Dehmel aufzusuchen und offen mit ihm zu reden. Zwar war ich sicher, dass er hinter dem gestrigen Attentat auf mich steckte, aber ich glaubte nicht, dass ein Besuch bei D & B für mich gefährlich werden würde. Ihm sollte mittlerweile klar sein, dass die Polizei mindestens so viel über die alten Geschichten wusste wie ich, dass es keinen Sinn mehr hatte, mich beiseitezuschaffen. Da ich keinen fahrbaren Untersatz mehr hatte, ging ich zu Fuß hinunter zum „Dockland". Es regnete nicht mehr, aber aus dem Wind war ein handfester Sturm geworden. Die frische Luft tat mir gut. Kurz bevor ich mein Ziel erreichte, meldete sich mein Handy.

Ariano war dran. „Wo bist du?"

„Ich bin beim 'Dockland', um meinen Auftraggebern Bericht zu erstatten und den Fall abzuschließen."

„Das ist gut", sagte er, „wir haben soeben einen Notruf erhalten, dass eine lebensmüde Frau auf dem Dach des 'Dockland' steht. Ich glaube, das ist Celine. Du kannst schneller dort sein als wir."

„Mist", sagte ich, „bin schon unterwegs." Ich rannte die letzten Meter und sprintete dann olympiareif die Außentreppe hinauf. Da ich dabei auch noch gegen den Sturm ankämpfen musste, war ich völlig erschöpft und rang nach Luft, als ich oben ankam.

Ich sah sie sofort, als ich das Dach erreichte. Celine war über das Geländer geklettert und stand oben am äußersten Rand des Gebäudes, den Rücken mir zugewandt, unter ihr das graue Wasser der Elbe. Sie sah in die Tiefe. Ihre dunklen Haare flatterten im Wind. Zum Glück kam der Sturm von Westen, also von vorne, so dass zumindest keine Gefahr drohte, hinuntergeweht zu werden.

Verdammt noch mal, was sollte ich tun, was sollte ich sagen, um sie davon abzubringen hinunterzuspringen?

Als ich ihren Namen rief, drehte sie sich um.

„Hallo Freddie“, sagte sie. „Jetzt weißt du also, dass ich es war.“

„Das ist aber kein Grund, jetzt da runterzuspringen. Ich kann dir garantieren, dass du keine große Strafe zu erwarten hast.“

„Das mag sein, aber trotzdem liegt mein Leben in Trümmern.“

„Man kann immer wieder neu starten.“

„Ich weiß nicht. Bei mir war von Anfang an der Wurm drin. Goliath Dehmel hat meinen Vater ins Gefängnis gebracht und das Leben unserer Familie zerstört, woran wir nach und nach alle zugrunde gegangen sind. Als ich durch Zufall die Gelegenheit bekam mich zu rächen, hat mich das aufrecht erhalten und angetrieben, aber dabei habe ich am Ende noch mehr kaputt gemacht und bin gescheitert. Viele Menschen haben dadurch leiden müssen.“

„Das ist leider wahr“, sagte ich, „aber Spartakus hat dich verraten und sich an dir schuldig gemacht.“

Celine begann zu schluchzen. „Ich habe ihn geliebt und bewundert, aber als er die Informationen, die ich ihm gegeben hatte, für diese Erpressung benutzen wollte, anstatt damit an die Öffentlichkeit zu gehen, hat mich das total enttäuscht. Dabei hat er gewusst, was das alles für mich bedeutete. Als ich ihm gesagt habe, dass ich dabei nicht mitmachen und die Unterlagen direkt an die Presse geben würde, hat er versucht, mich unter Druck zu setzen, mich beschimpft und bedroht. Ich fühlte mich so in die Enge getrieben, bis ich nicht mehr weiterwusste. Dann habe ich die Venus genommen und zugeschlagen.“

Es schien sie zu beruhigen, mit jemandem darüber zu reden. Ich machte einen Schritt vorwärts.

„Bleib, wo du bist“, sagte sie und drehte sich zum Abgrund.

„Schon gut“, sagte ich und trat wieder zurück.
„Ich habe mich dann gewundert, dass Crix, der ja einen Schlüssel hatte, die Polizei nicht gerufen hat“, fuhr sie fort. „Ich dachte, dass ich mich verdächtig mache, wenn ich Spartakus nicht als vermisst melde.“
„Da hast du recht, eine Frau, die keine Notiz vom Verschwinden ihres Freundes nimmt, braucht dafür eine sehr gute Erklärung, wenn er irgendwann erschlagen aufgefunden wird.“
„Deshalb bin ich zur Polizei gegangen und habe mich anschließend an dich gewandt.“
„Das hätte ja auch beinahe funktioniert. Wenn ich nicht von Dehmel & Brüll mit der Aufklärung der Erpressung beauftragt worden wäre.“
„Und jetzt ist sowieso alles egal“, schluchzte sie.
Ich gab mir Mühe, das Gespräch aufrechtzuhalten, dachte aber gleichzeitig fieberhaft darüber nach, wie ich sie vom Springen abhalten könnte. „Wieso hast du eigentlich vor drei Jahren bei der Draegerbau die Stundenzettel kopiert? Damals hat doch noch keiner vom Bahnhof Altona und den Umbauplänen geredet.“
„Nein, aber ich hatte schnell gemerkt, dass Draeger manipuliert hat und krumme Geschäfte gemacht wurden. Dann sollte ich diese Stundenzettel durch den Reißwolf schieben. Zwar wusste ich nicht, wofür es gut sein würde, aber ich habe sozusagen für alle Fälle die Unterlagen eingesteckt. Mir behagte es schon damals grundsätzlich nicht, dass billige Arbeitskräfte aus Polen mit schwarzem Geld bezahlt wurden. Als dann der Kampf um den Bahnhof losging und Dr. Bock im Zusammenhang mit Dehmel & Brüll immer wieder in der Presse erwähnt wurde, sind mir die alten Stundenzettel wieder eingefallen.“
Ich nickte. „Der Rest ist bekannt.“
Celine schluchzte. „Aber vielleicht ist es auch besser so.“

Sie sah mich an. „Schade, ich habe gerne für dich gearbeitet … vielleicht … unter anderen Umständen…“
„… die es aber bestimmt nicht geben wird, wenn du da jetzt runterspringst.“
„Leb wohl, Freddie ...“
Der Rest ihres Satzes ging im Heulen des Sturms unter. Celine trat einen weiteren Schritt vor und hing schon fast über dem Abgrund. Nur der extreme Gegenwind hielt sie aufrecht. In dem Moment, als sie sich fallenlassen wollte, sprang ich mit einem Satz über das Geländer, ergriff ihren Gürtel und riss sie, unterstützt vom Wind, zurück aufs Dach.
„Mach doch keinen Unsinn, Celine.“ Ich hob sie über das Geländer auf sicheren Grund und hielt sie fest im Arm.
„Denkst du denn, ich habe noch eine Chance verdient? Ich habe einen Menschen getötet.“
„Einen Menschen, der sich alle Mühe gegeben hat, dich dazu zu bringen ihn zu erschlagen, der dich benutzt und verraten hat. Celine, du bist in erster Linie Opfer, erst dann Täterin.“
Jetzt brachen bei ihr alle Dämme, sie brach weinend in sich zusammen. Als sie ihre Fassung halbwegs wiedererlangt hatte, verließen wir gemeinsam das Dach. Inzwischen war auch Ariano mit seinen Leuten eingetroffen und sie nahmen sie unten in Empfang. Insbesondere für Kurry war das ein herber Schlag. Es war noch nicht lange her, dass er mit Celine ins Kino gegangen war, und nun musste er sie abführen. Mir blieb jetzt noch die abschließende Besprechung mit meinen Auftraggebern, David und Goliath. Ich fuhr mit dem Aufzug gleich bis in den sechsten Stock. Loreley saß im Vorzimmer, strahlend schön wie immer.
„Willy Brandt haben Sie vielleicht nicht gekannt, aber als kleines Kind haben Sie Herrn Guillaume mit ‘Onkel

Günter' angesprochen, oder?"
Loreley sah mich mit einem unergründlichen Lächeln an.
„Seine Eltern kann man sich nicht aussuchen, Herr Nietsch", sagte sie dann.
„Seine Eltern nicht, wohl aber seine Freunde", erwiderte ich. „Ich möchte zu Herrn Dehmel."
„Sie werden bereits erwartet."

18

Goliath Dehmel nahm zwei Gläser und eine Flasche Lord Robertson Single Cask aus dem Schrank. „Sie trinken doch ein Glas mit mir, so lässt es sich angenehmer plaudern?“
Ich sah keinen Grund abzulehnen. Zwar war ich nicht der ausgewiesene Whisky-Trinker, aber einen solchen Schluck lässt man sich einfach nicht entgehen.
Er schenkte in aller Ruhe ein, dann reichte er mir ein Glas. „Sie denken doch nicht etwa, dass mir verborgen geblieben ist, was Sie in den letzten Tagen getrieben haben, die angebliche Rattenplage im Haus meiner Frau, der seltsame Elektriker bei Frau Lasch, ein Mann namens Fritz in der ‘Funny-Sauna’.“
„Die Überwachungskameras“, sagte ich. „Sie dienen nicht nur der Sicherheit, sondern so sind Sie stets im Bilde, wer sich in Ihrem Umkreis wohin bewegt.“
Goliath nickte. „Sie begreifen schnell. Es ist schade um den Sauna-Club. Da ließ sich das Angenehme mit dem Nützlichen verbinden. Ihretwegen mussten wir uns dort zurückziehen. Aber gut, das lässt sich nun nicht mehr ändern.“
„Wieso erzählen Sie mir das alles?“ Ich nippte an dem Whisky.
„Weil Sie es doch sowieso schon wissen und weil Sie mit diesem Wissen ohnehin nichts werden anfangen können.“
„Wieso das? Wollen Sie mich verschwinden lassen?“
Dehmel lachte. „Aber lieber Herr Nietsch, halten Sie mich für einen Unmenschen? Solche schlimmen Dinge passieren allenfalls, wenn sie einen Sinn haben.“
„Gestern Abend war es anscheinend für Sie noch sinn-

voll", sagte ich.
„Nehmen Sie es nicht persönlich. Es wäre uns einfach lieber gewesen, wenn gewisse Dinge nicht an die Öffentlichkeit gekommen wären, aber das hat sich zwischenzeitlich ja leider erledigt."
„Die Polizei nimmt das, was von meinem Auto übrig geblieben ist, auseinander. Haben Sie keine Sorgen, dass Ihre Leute Spuren hinterlassen haben?"
„Die Polizei wird nichts finden. Sie hatten Pech. Ihre morsche Benzinleitung ist gerissen und hat den Motor in Brand gesetzt. Sie sollten Ihre Autos regelmäßiger zur Inspektion geben."
Ähnliches hatte ich erwartet. „Und was ist mit Dr. Bock?", fragte ich, „gut, dass ich keine Mikrowelle habe."
„Mikrowellen." Dehmel schüttelte den Kopf. „Sie sind doch ein vernünftiger Mann, Sie werden doch nicht an solchen Unsinn glauben. Das gehört doch in den Bereich der 'urban legends', wie die Monsterkrokodile in der New Yorker Kanalisation."
„Welche Erklärung hätten Sie denn anzubieten, für sein gegrilltes Gehirn?"
„Das weiß ich doch nicht – und das ist auch nicht meine Aufgabe … wie auch immer, mit solchem Hokuspokus können Sie mir nicht kommen."
Und da hatte er wohl recht. Bisher hat noch kein Richter eine Schädigung oder gar einen Mord durch Mikrowellenwaffen anerkannt.
„Was ist mit Ihrer Arbeit für die Stasi?"
„Was soll damit sein? Daraus kann mir heute keiner einen Strick drehen. Und wissen Sie was? Ich bin stolz darauf. Aber das Ministerium für Staatssicherheit ist seit gut zwanzig Jahren aufgelöst. Was glauben Sie denn, wie viele Leute von damals auch heute noch in einflussreichen Positionen sitzen? Das hat doch alles keine Relevanz

mehr."
„Das finden Sie, Celine Schattelein war da ganz anderer Meinung."
„Ob Sie's glauben oder nicht, das kann ich sogar verstehen. Was mit Gernot passiert ist, hat mir damals auch nicht gefallen. Er war schließlich mein Freund. Aber was hätte ich tun sollen? Was hätten Sie an meiner Stelle getan? Damals habe ich an alles geglaubt, was wir getan haben. Wir haben den Klassenfeind bekämpft. Und heute kann ich sagen: Hätte ich Gernot nicht verraten, wäre ich selbst über die Klinge gesprungen. Das System hat für seine Selbsterhaltung gesorgt, das Individuum war zweitrangig. Übrigens wusste ich nicht, dass Frau Schattelein Gernots Tochter ist."
„So gesehen mag man frei sein von Schuld. Sehr praktisch! Immerhin haben Sie es weit gebracht als Kader, sogar bis in den Westen. Sie mussten nicht flüchten, um in den Genuss der Annehmlichkeiten eines wohlhabenden Lebens beim Klassenfeind zu kommen, Sie wurden mit viel Startgeld ausgestattet rübergeschickt."
„Das würde ich niemals offiziell zugeben, aber warum sollen wir nicht darüber sprechen. Damals ging es uns darum, den Kapitalismus zu unterwandern, ihn mit seinen eigenen Waffen zu schlagen."
„Aber der Kapitalismus ist eine Droge oder ein gefräßiges Monster", sagte ich. „Wer sich mit ihm einlässt, wird zu seiner Marionette, auch wenn er glaubt, er hielte noch immer die Fäden in der Hand. Sie wollen mir doch nicht erzählen, dass Sie noch immer Geld scheffeln für den Sieg des Sozialismus."
Dehmel lachte mit einem Ton von Bitterkeit. „Halten Sie mich für so kleingeistig, dass ich eine Rechtfertigung brauche für das, was ich tue?"
„Nein", antwortete ich, „weder für kleingeistig noch für

skrupulös. Sie arbeiten nur noch für sich selbst, wie jeder ihrer alten Freunde und Genossen. Und dabei schrecken Sie nicht einmal vor den unangenehmsten kapitalistischen Methoden à la Draegerbau zurück."

„Damit habe ich nichts zu tun", sagte Goliath, „im Gegenteil, das hat uns ja nun reingeritten. Der alte Bodo Draeger hätte so etwas niemals geduldet, das ist der Nachwuchs, der an nichts mehr glaubt als den Profit. Was wissen die jungen Leute heute von unserer Revolution?"

„Woran glauben Sie denn, außer an an Profit?"

„Das können Leute wie Sie nicht verstehen. Haben Sie jemals an etwas geglaubt? Ist Ihnen jemals ein Lebenstraum zerplatzt wie eine Seifenblase? Ich – wie viele andere auch, die an den Sozialismus geglaubt haben, die gekämpft haben, Strapazen und Gefahren auf sich genommen haben, unser halbes Leben dafür eingesetzt haben – stehe plötzlich vor dem Zusammenbruch all dessen, woran ich geglaubt, wofür ich gekämpft habe. Was denken Sie, wie sich das anfühlt?"

„Mit einem satten Plus auf dem Bankkonto bestimmt nicht so übel wie auf Hartz IV in Süd-Brandenburg. Und wenn man es genau nimmt, ist Ihr Laden ja mindestens zur Hälfte ein volkseigener Betrieb."

„Sie meinen also, ich bin dem Volk etwas schuldig?"

„Ja", sagte ich. „Sie haben mit DDR-Geldern Ihre Firma aufgebaut, nach der Wende waren das dann bundesdeutsche Millionen."

„Sie scheinen ja ein unverbesserlicher Gutmensch zu sein. Hätten Sie denn an meiner Stelle 1990 die Hand gehoben und gerufen: Hey, ich arbeite seit 13 Jahren als Maulwurf in der BRD. Nehmen Sie mein Geld und machen Sie mir den Prozess!"

Ich musste zugeben, dass das tatsächlich absurd gewesen

wäre. Das Leben war manchmal ganz schön kompliziert. Und gab es wirklich absolute Gewissheit darüber, was Recht und Unrecht war? Das wollte ich jedenfalls nicht entscheiden.

„Wie auch immer, das müssen Sie mit Ihrem Gewissen ausmachen. Ich für meinen Teil habe meine Arbeit getan. Die Erpressung ist aufgeklärt und die Frage, wer Ihnen schaden wollte, ist beantwortet.“ Ich leerte mein Glas. Der Whisky brannte mild in meiner Kehle.

„Schicken Sie mir Ihre Rechnung“, sagte Goliath, „schlagen Sie noch eine Gefahrenzulage drauf und vergessen Sie Ihre Auslagen nicht. Und kaufen Sie sich ein neues Auto, Ihre alte Kiste war nicht mehr zuverlässig und eine wirkliche Gefährdung der Sicherheit im Straßenverkehr.“

19

So würde also der Mann, der das Glück einer Familie zerstört und der mindestens einen Menschen auf dem Gewissen hatte, ungeschoren davonkommen. Nicht einmal die Bestechung konnten wir ihm nachweisen. Das gefiel mir nicht, war aber nicht zu ändern. Das Schicksal des Bahnhofs Altona blieb offen. Nach den Querelen um D & B und dem großen Widerstand der Altonaer Bürger haben die Stadt und die Bahn die Reset-Taste gedrückt und die Planungen noch mal zurückgedreht. David Brüll starb relativ bald nach diesen Ereignissen am Krebs, das Herausschneiden seines Kehlkopfs hatte seine Lebenszeit nur begrenzt verlängert. Goliath Dehmel beherrschte eine Zeitlang die Schlagzeilen und verschwand dann wieder aus dem öffentlichen Bewusstsein. Ich habe gehört, dass er relativ bald die Geschicke der Firma an Loreley Lasch übergeben, sich zurückgezogen und in Brasilien niedergelassen hat. Loreley hat D & B an die Börse gebracht und trotz des Rückschlags in Altona zu einem der größten europäischen Immobilienkonzerne gemacht, der am Ende sogar den einstigen Konkurrenten REW aus London geschluckt hat. Schließlich machte sie, wie es nicht anders zu erwarten war, eine große Karriere, die sie bis an die Wall Street führte.

Jens Draeger wurde wegen Steuerhinterziehung und Förderung der Schwarzarbeit zu einer Gefängnisstrafe auf Bewährung verurteilt und musste eine hohe Geldbuße zahlen. Allerdings ließen die alten Freunde seines Vaters ihn nicht hängen, sondern halfen ihm wieder auf die Füße. Mischa und die „Funny-Sauna“ boten unverdrossen sexhungrigen Zeitgenossen Gelegenheit zu Rudelbums und Partnertausch, ein Geschäft, das wahrscheinlich zeitlos floriert. Frau Dehmel gab irgendwann das Trinken auf, nachdem sie rosa Ratten unter ihrem Sofa gesehen hatte, und begann ein Verhältnis mit dem Kammerjäger, den sie daraufhin gerufen hatte. Gesine Bohrschleck kündigte bei D & B und gründete zusammen mit ihrer Freundin Sandra von Lotterbeck-Eisleben eine Speed-Dating-Agentur. Außerdem hat sie wegen zunehmender Rückenschmerzen die Silikonkissen wieder entfernen lassen. Die großen Verlierer dieser Geschichte waren Celine Schattelein und Crix Schnabel. Celine wurde wegen Totschlags im Affekt zu einer relativ kurzen Gefängnisstrafe verurteilt. Nach ihrer Entlassung litt sie unter Verfolgungswahn, den sie nie wieder loswurde und der ihr das Leben zur Hölle machte. Das arme Mädchen hatte wohl nie eine Chance, sie trug das verpfuschte Leben als Familienerbstück mit sich herum. Sie gründete ein Internetforum zum Thema „Mikrowellenwaffen lauern überall“. Auch Crix Schnabel verbüßte eine kurze Haftstrafe und lebte fortan als armer Künstler, ohne je die Anerkennung zu finden, die seine eigentlich ganz guten Bilder verdient hätten.

Ich war nach dem Zwischenspiel mit Sekretärin wieder alleine in der „Quaestoria“. Auch mein zweiter Fall hatte viel Staub aufgewirbelt, wenn auch die ganze Dimension der Geschichte nie vollständig an die Öffentlichkeit gedrungen ist, eben weil sich das Meiste nicht beweisen ließ. Die Gerüchte, die weitergetragen wurden, waren jedoch noch mehr dazu geeignet, mich zum Helden zu machen als die schnöde Wahrheit. Ich hatte es mit einer mächtigen Stasi-Seilschaft aufgenommen und war nur knapp einem Anschlag entkommen.

Auf jeden Fall würde ich jetzt erst einmal Urlaub machen,

bevor ich einen neuen Auftrag annahm. Der Sommer stand vor der Tür und begehrte unmissverständlich Einlass. Ich saß mal wieder beim „El Rojito“ vor der Tür und dachte darüber nach, ob es für mich eine Option wäre, in 80 Tagen um die Welt zu reisen.

Hugo Lobeck

geboren und aufgewachsen in Duisburg-Hamborn. Seit 1971 in Hamburg. Nach dem Studium der Philosophie und Germanistik und dem Besuch einer freien Kunstschule arbeitete er als Autor und Illustrator, als freier Künstler, Grafiker und Journalist für verschiedene Hamburger Verlage. Ausgedehnte Reisen als „Hippie" führten ihn in den 1970er Jahren durch Asien und Afrika, später auch in die USA und in die Karibik. Dies ist sein zweiter Krimi.

Freddie-Nietsch-Krimis:
Band 1 – Drogen, Sex und Drachentöter (2010)
Band 2 – Beton-Blues (2011)
Band 3 – Schnapsleiche (2012)

Bibliografische Information der Deutschen Bibliothek
Die Deutsche Bibliothek verzeichnet diese Publikation in der Deutschen Nationalbibliografie; detaillierte Bibliografische Daten sind im Internet über <http://dnb.ddb.de> abrufbar

ISBN 978-3-9814755-0-0
Lupus Verlag, Schnellstr. 22, 22765 Hamburg
Erscheinungsjahr: 2011

Korrektorat: www.susanne-bruett.de
Gestaltung: Hugo Lobeck
Gesamtherstellung: CPI books GmbH, Leck
www.hugo-lobeck.de